U0082863

愛情讓我們愛上自己、
懷疑自己、
恨自己、
憐憫自己，
也了解自己。
它讓我們深入去探究自身最遙遠
也最親近的內陸。

張小嫻

CHANNEL [A] V

張小嫻

刻骨的愛人

CAST

夏心桔

電台節目『Channel A』的主持。初入行時，是個沒自信的女孩，幸得當時的上司徐致仁賞識。

徐致仁

十六歲那年半工半讀在電台主持節目。年僅二十四歲已成為節目總監。才華橫溢，聰明感性。二十六歲時突然放棄如日中天的事業。

邢立珺

曾經是電台最紅的ＤＪ，氣質出眾，早有慧根，後來的際遇是她自己也想不到的。

林珍欣

外婆和母親都是著名的童書作家，本身卻沒有豐富的想像力。害羞內向，在家裡經營的租書店幫忙，幾乎浪費了自己天生一把動人的聲線。

沈露儀

林珍欣的舊同學，為人活潑積極，卻有點死心眼，渴望在別人身上尋找溫暖。

朱薇麗

林珍欣和沈露儀的舊同學，成長於一個簡單而幸福的家庭。她在樂器行裡教小提琴，一段傷感的初戀也在那裡發生。

郭軒華

租書店附近小學的代課老師，羞澀文靜。某年秋天，常到租書店借書，卻始終沒勇氣向林珍欣表白。

陳平澳

郭軒華的好朋友，本來是個聰明活躍，滿懷理想的青年，經歷了一段滑鐵盧的初戀之後，人變得浪蕩和消極。

李恩如

陳平澳的同學，一直暗戀他，卻始終失望。

徐惠之

李恩如的好朋友，兩個人之間既有很深的友情，也有更深的嫉妒，終成陌路人。

范文芳

十七歲時當過電影明星，後來負笈外國，修讀藝術，成為著名的陶塑家。她長得美麗脫俗，是陳平澳的夢中情人。

CONTENTS

CHAPTER 1

與愛共沉淪

他對她的愛，是神廟、天堂和地獄也隔不斷的。
不管她成了一個清心寡欲的人，
還是成了火葬場上的一縷青煙，
他的靈魂還是會無可救藥地為她起舞飛旋。

初相識的窮日子裡，他們常常喝一種便宜的德國白酒 Blue Nun，酒瓶的招紙上有幾位俏麗的尼姑。相聚的這天晚上，他叫了這個多年沒喝的酒。

『你要喝一點嗎？』他問。

『你這是諷刺我嗎？』她以宛若天堂的聲音說。

他笑了，嚴肅而眞誠地說：『是祝福。』

『我戒了酒。』她溫柔地說。然後，她又說：『你也不要喝太多。』

『我喝酒不會醉，喝咖啡才會。』他說。

『你還是酗咖啡嗎？』她問。

『有些東西很難戒掉。』

他望著她，她的頭髮剎得很短，像一張栗色的短毛毯子覆蓋著頭顱。卸去脂粉的臉，消瘦了，蒼白了，跟從前一樣清麗，雙眸卻更見慧黠。她披著褐紅色的長袍，腳上穿的是一雙德國 Birkenstock 卡其色麂皮大頭鞋。

『還可以穿名牌鞋子嗎？』他有點奇怪。

她笑了：『我們都穿這種鞋子，很好走路，而且進出廟宇時方便。這雙鞋是在倫敦買的，沒想到現在用得著。是你陪我一起去買的吧？』

『嗯，那天我們剛到倫敦，你原本穿的那雙鞋把你腳踝的皮都磨破了，我們走了幾家百貨店，你的腳踝在淌血，你竟然還不肯隨便買一雙，千挑萬選才買了這雙大頭鞋。沒見過愛美愛成這個樣子的。』

『現在不會了。』她看看自己腳上那雙磨舊了的鞋子，微笑說。

露天酒館外面，一輛送貨的車開走，揚起的灰塵在日光下亮亮地飛舞，想起如煙往事，他沉默了。如今不再是往事了，說是前塵，也許更適合。

十六歲那年，他半工半讀在電台當電台ＤＪ，少年得志，甚麼都不放在眼裡，除了她。邢立珺比他早一年進電台，說得上是他的師姐。上司把他們編成一組，要他跟她學習。第一次在電台見面的時候，他銷魂蕩魄地愛上了她。那時，她已經有一個要好的男朋友。他從沒見過這個男人，也不想見。沒見過面，他心裡尚且那樣妒忌，見到面，他無法想像那種妒忌有多麼煎熬。

他常常想辦法接近她，知道她預約了錄音室錄音，他便也預約相連的錄音室錄音，隔著錄音室的那一面厚玻璃，偷偷地看她。可她偏偏對他特別冷淡，好像是有意折磨他似的。上司要她指導他，她卻從來沒有。

終於有一天，兩個人在錄音室裡，她聽完他的錄音帶，沒說話，低頭剪輯自己的錄音帶。

『你爲甚麼不肯教我？』他按捺不住問。

她抬頭看著他，說：

『我也只比你早來一年。』

『你爲甚麼討厭我？』

『誰說我討厭你？』

『你完全不理我！』他像個受傷的小孩似的。

『你又不是小男孩，爲甚麼要別人照顧？』她冷冷地說。

『因爲知道我喜歡你，你就討厭我。』

她沒好氣地說：『你這話就不合邏輯了。首先，我並不知道你喜歡我，其次，我爲甚麼要討厭一個喜歡我的人呢？』

『女人就是這麼難以解釋。』

她笑了：『你對女人了解多少？你才不過十六歲。』

『你也不過比我大兩年。』

『那就是說，我成年了，你還沒有。』她一邊說一邊收拾面前的幾捲錄音帶，撇下他一個人，離開錄音室。

他坐下來，把她剛才除下來的耳機戴上，沉醉在她耳朵的餘溫裡，並相信自己剛剛踏出了美好的一步。那時他太年輕了，以為愛情無非是一場戰役，成王敗寇。

隔天半夜，在錄音室的走廊上碰到她時，他走上去，單刀直入的問：

『你會考慮我嗎？』

『徐致仁，你眞討厭！』她皺著眉說。

『你終於承認你討厭我了嗎？討厭就是喜歡。』

『你是一個討厭的人，並不代表我討厭你。』

『那你是不討厭我嘍？』他興奮地說。

『你眞是個自大狂！』

『自大狂才不會請求你考慮他呀！』

『謝謝你的好意，我不想人家說我勾引未成年少男。』

『我十六歲了，而且是我勾引你。』他抗議。

『我也不想給一個十六歲的少男勾引。』她沒理他，一股腦兒走進錄音室。

他跟在她後面，說：

『那天你才說我不是小男孩。』

她眼睛沒看他，說：

『你不是小男孩，但也還不是男人。』

他沒想到如此坦率的熱情，換到的竟是她的蔑視。他覺得受到了極大的傷害，眼睛望著腳下的地板，無法說一句話。

她大概知道自己說的話有點過分，那一刻，卻如何也放不下面子。何況，是他首先挑起火頭的。她拿了一張唱片放在唱盤上，用沉默代替歉意，直到她發現他悄悄離開了錄音室，她才覺得心裡有點抱歉，但她很快說服自己，那不是喜歡一個人的感覺。

他躲起來打了一個晚上的鼓，渾身濕淋淋的，分不出是汗還是淚水。他惱恨自己的浮誇。他本來是個內向而且自視極高的人，天知道爲甚麼，在她面前，卻成了個登徒浪子，難怪惹她討厭。

他恨這兩年的距離，恨這相逢太晚，像作弄一樣降臨。他恨不得快點長大，又或者是，能夠戒掉她。

他有好幾天都故意躲開她。那天黃昏，外面大雨滂沱，放學後，他冒雨跑上斜坡，回電台上班。快到電台的時候，他看見一輛黑色的跑車停在那裡，她撐著傘從車上走下來，幸福地朝駕駛座上的男人揮手，又叮嚀了幾句，然後目送著車子開走。

他連忙放慢腳步，免得在大堂碰到她。然而，他進去的時候，她還在大堂裡。兩個人尷尬地並排站著。他爲了證明自己是個男人而幾天沒刮的鬍子已經讓她看見了，他擔心這樣反而顯得他的幼稚。一瞬間，他變得妒忌又沮喪，決定爬樓梯上去算了，總比丟人現眼好。

『我由這邊上去！』他沒等她回過頭來就拐個彎爬樓梯。

『那天很對不起。』

他愣住了，發覺她跟了上來，站在樓梯下面。

他心都軟了，說：『沒關係。』

她燦然地笑了。

走了一層樓之後，他站住了，回頭望著她，幽幽地問：

『他對你好嗎？』

她默默地點頭。

『你愛他嗎？』他還是不肯罷休。

她盯著他看，一張臉發紅，生氣地說：

『徐致仁，你以爲自己是誰？我的事不用你管！你沒資格！』

說完最後一句話，她氣沖沖地走下樓梯。他懊悔地杵在那裡，恨自己再一次把事情搞砸。過了一會，他聽到那走遠了的腳步聲又走回來。

隔著一層樓的距離，他滿懷希望地等著，卻發覺她衝上來狠狠地盯著他看，朝他吼道：

『你知道我爲甚麼不教你嗎？我是根本沒有甚麼可以教給你！你比我出色太多

了！我妒忌你！我是妒忌你！』

看著忽然變得弱小的她，他呆住了，很想把她抱在懷裡。沒等他伸出雙臂，她掉頭走下樓梯。他衝下去，沒想到她忽然往回跑，兩個人幾乎撞個滿懷。她抓著扶手，漾著淚水的雙眼既吃驚又覺得這個場面有點滑稽。她一邊抹眼淚一邊笑。

『我們講和吧！』他首先說。他捨不得惹她生氣。

她喘著氣，微笑點頭。

『我不會再纏著你，只要他待你好。』那一刻，他才知道，只要她快樂，他甚麼都願意。

他把對她的愛藏起來，化作友情。他們成了無所不談的朋友，彼此只有一個禁忌：她從來不在他面前提起她的男人，他也不在她面前提起他正在交往的女孩。

那幾年的日子，他們常常走在一起。他總會跟她買了相同的唱片，兩個人不約而同喜歡同一段歌詞、同一本書、同一首詩，甚至是食物。她喜歡的，他就喜歡。他爲她放棄了當歌星的機會，因爲相信她不會欣賞這種虛榮心。他在電台扶搖直上。他努力所做的一切，無非是想得到她的青睞。

他藏起了對她的愛，幾年間，那份愛卻在他心裡開出更翻騰的花。

一天夜裡，他接到她的電話，她在電話那一頭嗚咽著說：『你可以過來嗎？』

他連忙穿上衣服出去，連襪子都穿了兩隻不一樣的。

她頭埋兩個膝蓋之間，在床上哭得死去活來，告訴他，她失戀了。他心裡竟然有些竊喜。然後，認識以來頭一次，她告訴他，她和男人的那段愛情，從相識到相愛，所有的往事，所有的回憶，都成了撕心裂肺的懷念。一瞬間，他由竊喜變成沮喪，恍然明白她愛得有多深，她甚至早已認定那是她廝守終生的人。

『但他已經離開你了。』他說。

『跟他一起，我覺得自己是個幸福的女人。』她抽抽搭搭地說。

『我也可以令你幸福！』他說。

她抿著唇，傷心地朝他看。

『我可以的！』他緊緊地把她摟在懷裡，身體因爲激動而顫抖。

她在他懷裡沉默，偶然因爲抽泣而抖動。過了一會，她突然咯咯地笑了。

『你笑甚麼？』他問。

『你兩隻腳的襪子不一樣！』她指著他雙腳說。

『我急著出來見你。』他說。

她淚汪汪的眼睛感動地朝他看。他溫柔地撫摸她汗濕的長髮，把她整個人抱在胸懷裡。這是他長久嚮往的幸福。

他以爲能夠成爲好朋友的兩個人也將會是完美的情人，現實卻一再挫敗他。跟她一起的日子，她總是忽冷忽熱。當她冷淡的時候，他出於妒忌而認定她是想念以前的男朋友。他永不會忘記她失戀那天晚上所說的一切，也不會忘記雨中的電台外面，她幸福地對車上的人叮嚀的一幕。當他因爲妒忌而飽受煎熬的時候，她卻只是埋怨他的不成熟和孩子氣，還有他那可怕的佔有慾。他們經常吵架，和好，然後下一次又吵得更厲害。

他常常跟她說：『我愛你。』每一次，她只會反過來問：『我有甚麼值得你這樣愛我？』他由衷地說出她所有的好處，然後，她還是會感傷地說：『假如我們分開了，以後，你還是會愛其他人的。』

她曾經坦承妒忌他的天份，可她不妒忌其他一切。假如妒忌也是一種愛，他渴求她的妒忌，卻總是失望。直到後來，他覺得電台的新人夏心桔很有潛質，刻意栽培她。一天，他們因爲小事在電台的升降機裡吵架，她突然生氣地質問他：『你爲甚麼對夏心桔特別好？』雖然感到無辜，他卻也享受了妒忌的愛。她原來還是會妒忌的。

後來有一天，她突然告訴他，她想到歐洲去看看，然後到法國念書。

第二天，他馬上回去電台辭職，那時，他才二十六歲，已經是電台的節目總監。那天晚上，他把這個決定告訴她。他心裡知道，她離開的一部分原因是這段關係令她沮喪。

『我又不是不會回來的，你不用爲我辭職。』她說。

『我就是怕你不回來。我不可以讓你一個人在外面感到孤單。』

『你以爲兩個人一起就不會有孤單的感覺嗎？』她難過地說。

『讓我陪你吧。我愛你。』

『我有甚麼値得你這樣愛我？』她淒然問。

『已經再沒有任何理由了。』他用身體把她包裹著。再沒有理由了，除了愛。

在歐洲的頭幾年，他們改變了原先的計劃，去了許多地方，最後才在巴黎安頓下來。他在家裡做編曲的工作，生活不成問題。異鄉相依為命的日子，卻依然時好時壞。叫人戀戀無法放棄的，也許是所有的好都比以往好；然而，每一次的壞，也比以往壞。

留在法國的第二年，他發覺她偷偷跟別人來往。他一直假裝不知道。他從沒想過自己竟然這麼窩囊，他以為不去承認就等於沒有，也就不會失去她。

一天，他煮了飯等她回來，她說過，希望他有一天能為她下廚。那天，他笨拙地煮了烤雞，她卻說：『我吃過飯了。』草草吃了幾口便躲進房裡。他走進房裡，站在她跟前，顫抖著聲音問她：

『你是不是跟別人一起？』

她紅著眼睛說：『你為甚麼要假裝不知道？』

『我害怕你會離開我。』他無助地說。

她憐惜地撫摸他的臉，流著淚說：

『我不值得的。』

『你愛他嗎?』他問。

『我已經不懂得愛了。』她哭著把頭埋進他的胸懷裡。

他能夠明白這種背叛,他也想過要背叛她,假如能夠愛上別人,也就可以不愛她了。但他做不到。

他以爲自己原諒了她,原來他並沒自己所想的那麼寬大。他一直記恨。他很容易就會懷疑她跟那個人暗中來往。他討厭這段失去信任的愛。這個感覺是那樣痛苦,跟他同床共寢的人,難道會不知道嗎?看著眼前正在消逝的愛情,他惱恨自己甚麼也做不到。

那天,他打了一整天的手機都找不到她,她回來的時候,他試探地問:

『爲甚麼找不到你?』

『你找過我嗎?』她從皮包裡摸出手機,發覺手機一直關上了。

『原來我沒開手機。』她邊走進房間邊問:『你找我甚麼事?』

他走進去,看見她背朝著他脫衣服,他把她拉過來,想跟她溫存。她躲開了,說:『很累啊!』他把她拉向懷裡,她別過臉去,說:『我今天不想。』他沒理她的反對，把她按在床上。她使勁推開他，說：『你不要這樣好不好？』

他發狂地捏住她的手臂，吼道：

『你到底要怎樣測試我對你的愛！』

『你幹甚麼？你弄痛我了！你放手呀！』她掙扎著。

他把她捏得更緊，歇斯底里地說：

『你這賤人！我愛你！』

她吃驚地望著他，說：

『你再不放手，我會恨你的！』

看到她痛苦的臉，他放手了，傷心欲絕地說：『你本來就恨我！』

『我太恨你了！』她爬起來，哭著說：『我恨你長不大，恨你無法給我安全感！恨你這樣遷就我！恨你陪我來這裡！恨你對我的要求！恨你愛我比我愛你多！你爲我做的一切，只會令我慚愧和內疚！你知道慚愧和內疚的感覺有多難受嗎？』

『對不起！』他的眼睛朝她悲傷地看。

『愛情沒有對或錯，我們都努力過了。我和你都太自我，也太自以爲是了。我們都以爲自己是亞當和夏娃，卻不明白，一旦被逐出伊甸園，就是另一個故事了。我們根本不應該偷吃樹上的禁果，一旦超越了那條界線，落到生活裡，我就是會傷害你，你就是會原諒我。我們最後會互相憎恨的。』她用深情的眼睛回報了他的悲傷。

他無法否認她說的一切。她終究是世上最了解他的人。多少年了？他們用牙齒狠狠地互相撕咬，直到一天，身上的傷口太多了，再也難以癒合。

她離開了巴黎的家，沒說要去哪裡。失去她的日子，只有那三隻鼓陪著他。鼓打得太多了，有一段日子，他的耳朵甚至聽不到微細的聲音。他本來擁有引以自豪的聽力，那雙耳朵天生就有一流的音感。她走了，一切都不再重要。

一年後，他接到她的電郵。她在西藏拉薩。他馬上買了機票到拉薩去。在一座廟宇外面，他看到隔別了好像三十年那麼長的她。她的頭髮剃得很短，像個大男孩，身上穿著褐紅色的長袍，肩上掛著一個黃色布袋，神清氣爽地朝他走來。他一下子驚呆了。

『我這個樣子是不是很難看？』她微笑著問。

他搖搖頭，說：『不，你瘦了。』

『正好減肥啊！』

『一年前來這裡聽課，很是感動，所以做了這個決定。』

剛剛下機的他，被高山症折磨，只覺得天旋地轉，眼前的故人忽爾模糊了。

『我還沒有出家，也不是甚麼看破紅塵，我在這裡找到內心的平靜，想好好反省一下自己以前的所作所爲。』

『我眞的從來沒有令你覺得自己是個幸運的女人嗎？』他問。

『你令我認識自己，愈認識，卻愈不了解，愈不了解，便愈迷茫。還是幸福比較簡單。』

『你追尋的就只是那種簡單的幸福嗎？』

『幸福是不可能追尋的，也無法掌握。幸福是一種感覺。覺得自己是個幸福女人的那種感覺，對女人來說，是很重要的。』

『我明白了。』他無可奈何地說。

『以後，要令別人幸福啊！』

『不會了。』他依戀地朝她看。

『以後，你還是會愛上別人的。』她說。

她回去神廟裡，他追上前問：

『我可以寫信給你嗎？』

她站定，回頭，說：『誰還要寫信？』然後，她從背包裡拿出一部輕巧的手提電腦，說：『現在的廟宇都很現代化了，電郵給我吧。』

看著她消瘦了的身影消失在眩目的陽光下，他撐不住了，頭昏昏地攔了一輛計程車回旅館去。他在床上折騰了一夜，意識朦朧中，他哀哀地想起她那天說的伊甸園的故事。他的夏娃回到無罪的伊甸園去了，留下亞當，與愛共沉淪。

後來，他離開了歐洲，回到香港，帶著他的挫敗與愧疚回到他和她認識的地方，這裡有最美麗的回憶。

一天，他接到她的電郵，她回來了。

他以爲她要回來他身邊，在酒館見面的時候，卻失望地看到她那一身女尼的裝扮。他點了一瓶 Blue Nun，爲她獻上摯誠的祝福。人生本來就是一齣荒誕劇，他做夢也想不到此生最愛的女人成了女尼，隔絕了紅塵裡的他。

『你爲甚麼會回來？』他問。

『我要去印度見一個師父。』

他覺得奇怪，從西藏直接去印度就可以了，她根本不需要繞一個圈。

『對你，我還是有一點牽掛。』臨別時，她以宛若天堂的聲音說。

只要聽到這句話就足夠了。他在她清澄的眼裡讀到了他倆的故事，那些永不會磨滅的故事。他曾經以爲他們的愛情已經消逝了，原來從未消逝，反而因爲距離而照亮，由從前的固執與狂熱轉化爲悠長的依戀。

也許有一天，由於太想念他，她會回到這片紅塵來。那一刻，她會明白，最深的愛，超越了深度，是無法測試的。他對她的愛，是神廟、天堂和地獄也隔不斷的。

不管她成了一個清心寡欲的人，還是成了火葬場上的一縷青煙，他的靈魂還是會無可救藥地爲她起舞飛旋。

CHAPTER 2

嫉妒的翅膀

那段日子，她展開了嫉妒的翅膀，
千迴百轉，在他身邊盤旋。
待到她長大了，她才了解嫉妒是青春的心靈，
帶點卑微卻不卑鄙。她因為嫉妒而認識自己。

那天在咖啡館外面碰到他的時候，她不敢相信他就是那個背影的主人。他拄著枴杖，身上的衣服有點邋遢，正在排隊買咖啡。然而，那把習慣繞到耳後，留到脖子的頭髮，那副沒框眼鏡，高瘦鼻子，還有清癯的身影，都有七分神似。

他大概感覺到有個人在後面盯著他看。拿了咖啡之後，他朝她緩緩轉過身來，她看到她不願見到的事實：隔別七年，他成了一個身體殘缺的人。還來不及說些甚麼，她眼裡湧出難過的淚。

一瞬間，他意會到她在想些甚麼，他一隻手拿著咖啡，一隻手拉起鬆垮垮的褲管，露出一截上了石膏的腿來。

她知道自己太神經質了，尷尬地抹去臉上的淚水，卻已經掩飾不住眼裡的潮濕。或許是被她傻氣的眼淚感動了，帶著一抹久別重逢的微笑，他首先說：

『夏心桔，很久不見了，你好嗎？』

『徐先生。』她從前是這樣稱呼他的。

『你甚麼時候回來的？』兩個人在咖啡館坐下來的時候，她問。

『一年前。』他說。

『你的腿爲甚麼會受傷？』
『前幾天在家裡換燈泡的時候摔了下來。』他呷了一口咖啡說。
『你還在電台吧？』他問。
『你沒聽電台嗎？』
他搖了搖頭，一副已經不關心的樣子。
帶著失望的神情，她說：
『我現在主持晚間節目。』
『是十一點檔吧？』
她點了點頭。
『你現在一定是最紅的電台ＤＪ了。』
她靦腆地搖頭。在他面前，她永遠算不上甚麼。
『摔斷了腿，還走來買咖啡？』她問。
『沒辦法，我酗咖啡。』他笑笑說。
徐致仁就住在咖啡館附近。陪他回去的路上，她告訴他，她從兩星期前開始在這附近跟一個英印混血的女人學瑜伽。

『要不是摔斷了腿，我也想去學。』他開玩笑說。

他住在一幢三層樓高的舊公寓頂樓，沒有升降機。

『早知道會摔斷腿，我就租最底下的一層樓。』他吃力地爬上樓梯。

他拿出鑰匙開門，外面陽光燦爛，屋子裡卻只有一線從灰灰斑垢的窗子透進來的陽光。日久失修的公寓沒幾件像樣的家具，映入眼簾的是從地板堆到天花板的唱片，驚人的數量比得上電台的音樂圖書館。一張高背紅絨布椅子旁邊放著一台電子琴和三隻鼓。

『你還有打鼓嗎？』她問。

『偶然吧。』

他一拐一拐的走進廚房，倒了一杯水給她，告訴她，他爲外國的唱片公司編曲。她這才知道，這幾年來，有好幾首她覺得很了不起的歌是他編的。他沒用本名，她也就不知道許多個晚上縈繞她心頭的歌原來出自他手。在相逢之前，他們早就在音樂裡相見。

她拿起鼓棍，敲了一段，她的鼓，是他走了之後學的。一段失落的情感節拍再一次在她心裡迴蕩。她放下鼓棍，嗓子因爲緊張而發緊：

『徐先生，如果你不介意的話，讓我每天幫你買咖啡吧！』

她重又拿起鼓棍敲鼓，像個逃避現實的人似的，沒有抬起眼睛看他，害怕他會說不。

就這樣，每天上完瑜伽課之後，她不但帶咖啡來，也來爲他做飯，替他買日用品和收拾地方。她知道自己的廚藝很勉強，怕他會吃膩。有時候，她會扶他到樓下，用她那輛小房車載他到海邊吃一頓下午茶或是晚飯。大多數時候，她會留在屋子裡，戴上耳機，沉醉地聽他收藏的唱片，一聽就是幾小時。興之所至，他會用電子琴彈一段他剛剛編好的曲給她聽。有時候，他會一整天不說話。遇上這些時刻，她會懷疑自己是否不受歡迎，心裡覺得鬱悶。然而，第二天，看到他的笑容，她放心了。她漸漸像許多年前那樣，熟悉他的脾氣。他一點也沒有改變，會有突然而來的好心情，又會無端地鬧情緒。

她沒有問他這七年間發生了甚麼事。她終究是有點怕他的。

剛剛考進電台的時候，她是個沒有自信的新人。那一年，除了她之外，還有兩女三男一同受訓。男的不說，那兩個女的都長得比她漂亮，電台ＤＪ需要的是一把動聽的聲音，然而，一張姣好的臉是無往不利的通行證。這方面，她是有點自卑的。她長得大概不難看，但太平凡了。她甚至懷疑那把她一直爲之沾沾自喜的聲線，是否也沒有她自己以爲的那麼好。

訓練班的導師有好幾位，其中一個，就是徐致仁，他十六歲那年半工半讀在電台當電台ＤＪ，獨特的主持風格、沉渾的聲線和音樂才華，讓他鋒芒畢露。當時有唱片公司打算捧他當歌星，他拒絕了。只有二十四歲，他就當上電台的節目總監。

他的辦公室裡有一台電子琴和三隻鼓。大家都知道，要是那天他把自己關在裡面彈琴，就是心情好。要是裡面傳來憤怒的鼓聲，那便最好不要去惹他。她不知就裡，捱過一棍。

那天，她有急事找他，敲了門，沒等他回答，就一頭衝進去。

『徐先生！』

她這三個字還沒說完，他把手上的一支鼓棍朝她頭頂扔去，那雙汗濕的眼睛生氣地瞪著她吼道：

『白痴，滾出去！』

她慌忙退出去，帶著一肚子的難堪和委屈，躲起來哭了很久。

後來她知道，這種時候，只有一個人膽敢走進去，並且能夠讓他安靜下來，那就是邢立珺。邢立珺當時是電台最紅的電台ＤＪ，主持晚上十一點檔的節目。她的聲音宛若天使，人長得美麗，蓄著一把長直髮，很會打扮。她比徐致仁大兩年，兩個人是電台裡的一雙璧人。即使走到任何地方，他們也是耀目的。

她很羨慕邢立珺，假如她長那個樣子，人生的路會好走很多。假如她有她的運氣，她就不用太努力了。假如徐致仁是她的男人，她會是個幸福的女人。所有這些想法在她裡面生出一種奇怪的情緒。當那些男同事私底下讚美邢立珺的時候，她會沉默。女同事在背後討論邢立珺的化妝和衣服的搭配時，她從來不表示意見。她也不像班上另外兩個女同學那樣，常常像小影迷般找機會接近邢立珺。但是，她每晚也會聽邢立珺的節目，甚至把節目錄下來重複再聽。

那時她身邊有男朋友，她卻控制不了對徐致仁的仰慕。這種暗暗的戀慕不帶一絲罪惡感，她相信這種感情是有一點點超然的，是淩駕於男女之情的一種欣賞和嚮往。這種羞怯的感情她努力地藏得很深很深。

徐致仁教了她很多事情。她從來不知道自己是出色的，直到訓練班畢業之後，通宵節目剛剛有個空缺，徐致仁起用她當主持。其他同學還不過在別人的節目裡當個跑腿，而她竟然可以當主持。

她怯怯地接下這個任務，心裡的壓力大得可怕。她不能讓他失望。大家都說她的聲線跟邢立珺有點相像，天知道爲甚麼，她那時決定要模仿她。第一晚開始，她用邢立珺的語調說話，用邢立珺的方式停頓，這一點也難不倒她，幾個月來，她都在重複聽邢立珺的節目。

她很快就知道這種模仿是多麼的愚昧。一天半夜，當她播出節目裡最後的一首歌，徐致仁衝進直播室，他氣得滿臉通紅，使勁拍了一下檯，吼她：

『你在模仿誰？』

她嚇得愣在那兒，抓住頭上的耳機，不知道怎麼辦。

『你以爲你是誰？你一點都不尊重自己的工作！你以爲我聽不出來嗎？』他將她

的耳機扯下來，把她趕出直播室。她哭著給他推了出來。一瞬間，她的自尊破碎了。她蹲在幽暗的長廊上，哭出一汪洋羞慚和難堪的眼淚。

徐致仁從直播室出來的時候，她抽抽噎噎靠著牆站起來。

『你跟我來。』他冷冷地拋下一句。

她默默地跟在他後面，他走進其中一間錄音室，坐在控制台上，朝她說：

『你明天不用做節目了。』

她死命忍著在眼眶裡打轉的淚水。有那麼一刻，她認爲今天晚上所發生的一切無非都是邢立珺跟徐致仁說了些甚麼。邢立珺害怕新人的威脅，他要保護自己的女朋友。她咬著牙，恨恨地望著他。

『明天開始，你每晚在這裡等我。』

她不明白他的意思。

『你每晚在這裡做一段節目給我聽，直到我覺得你可以了，你才可以回到你的節目去。』

原來他並沒有打算放棄她。

『夏心桔，你要做你自己。你是很有天份的。』他說。

那一刻，她再也控制不住自己的眼淚。她在他面前嗚咽，嗚咽裡有微笑。

『謝謝你，徐先生。』她一邊哭一邊說。

那天以後，她每晚在直播室裡對著他做一段不會播出的節目。那是他們獨對的漫長時光。直到一天，他說：『你可以回去做節目了。』她反而捨不得回去。

她要走的路還有很長，但徐致仁給了她信心。她不禁會想，他對她是特別的。她不知道那是因爲她的天份還是因爲別的。在錄音室裡，有好幾次，當他們面對著面的時候，在縈迴的歌聲裡，她感到彼此之間有一種異樣的音調。她對他有了許多憧憬。

一天，回去電台的路上，她看到徐致仁的車，車上載著邢立珺。邢立珺大半個身子親暱地棲在他身上，他單手握著方向盤，跟她談得很愉快。車子在她身邊駛過，她像洩了氣似的，愈走愈慢。她突然有一種難言的酸澀，她以爲徐致仁對她是特別的。一旦跟邢立珺相比，她又算得上甚麼？不過是個黃毛丫頭罷了。她不明白徐致仁爲甚麼愛上一個年紀比他大的女人。雖然邢立珺看上去很年輕，但是，將來，她會看上去比他老的。她是妒忌邢立珺嗎？她才不會承認。她怎會妒忌一個比她老的女人？然而，她唯一勝過邢立珺的，也不過是年輕罷了。

她一直以爲邢立珺沒把她放在眼裡。一天，她在大堂等升降機，升降機下來了，那道門徐徐打開，裡面一對男女正在吵架。女的說：

『你爲甚麼對夏心桔特別好？』

他們完全沒發現升降機門已經打開了，夏心桔就站在外面。邢立珺看到她，板著臉走出升降機，朝直播室走去。徐致仁一個勁兒走出電台。她只好裝著甚麼也沒聽見。她走進去，按了層數，升降機門關上，她抬頭望著樓層顯示屏，心裡既高興也擔心。高興是因爲她引起了邢立珺的妒忌，擔心是害怕徐致仁因此疏遠她。

後來有一天，她在走廊上碰到邢立珺，她躲也躲不開，完全缺乏處理這種場面的經驗，只好靠著牆往前走，邢立珺卻走過來，大方地跟她說：『你的節目做得不錯，努力啊！』

那一刻，她倒反而顯得小家子氣了。

邢立珺的大方不是僞裝的，她並不戀棧名氣，在最紅的時候，毅然決定去歐洲讀書。徐致仁辭去電台的工作，陪她一起去。

聽到這個消息的時候，她實在太妒忌邢立珺了，徐致仁竟然願意爲她放棄如日中天的事業，陪她去追尋夢想。

幾年後，有人在歐洲碰見過他們，以後就再沒有他們的消息了。後來，聽說他們分手了，兩個人都沒回來，像消散了似的。

七年來，她經歷了愛情和友情的挫敗，重又變成孤單一個人。三年前，她終於當上晚上十一點檔的主持，『Channel A』連續三年成爲收聽率最高的節目。可惜，一手栽培她的徐致仁沒能看到這一天。

七年的歲月流轉如飛，命運好像輪迴似的，在這個時刻讓他們重逢。凍結在時間裡的一些感覺，並沒有因距離而消滅，反而更清晰。她畢竟長大了，不再是那個羞怯的女孩。她有自己主持節目的風格，也有了自信。跟他面對面的時候，沒以前那麼畏縮了。

那天黃昏，在咖啡館裡，徐致仁把上了石膏的腿擱在椅子上，說：

『我記得你很愛哭。我從沒見過女人像你這麼能哭，更沒見過哭得這麼難看的！』

她拿起他那根楞杖，威嚇著說：

『你不怕我把你另一條腿也敲斷嗎？』

『好啊！那我就不用走路。』

『你有想過回去電台嗎？』她問。

徐致仁搖了搖頭。

『你不覺得可惜嗎？』

『有甚麼可惜？』他反過來問。

她答不上來。

『你是覺得我現在這個樣子很可惜吧？』

她的臉發紅，無法掩飾相逢以來她心中的想法，她的確是覺得他失意。

他敲敲腿上的石膏，說：

『天意總有禮物和失落，我享受生命的每個階段。』

一瞬間，她了悟自己多麼的狹隘。她以爲自己長大了，已經夠成熟去了解人生，在這個僅僅只比她大幾年的男人面前，她原來還是很膚淺。

『你明天會來嗎？』他問。

她點了點頭。

『我有東西給你。』

『是甚麼來的？』她好奇。

『你明天就知道。』他神秘地說。

隔天，她滿心期待來到他的公寓，發覺他腿上的石膏不見了，石膏殼和枴杖丟在地上，旁邊還有一把電鋸。他一拐一拐的在屋裡走來走去。

『你幹嗎把石膏鋸斷？醫生說要兩個月才可以拆石膏的。』

『已經四十天了！』

『你怎可以——』

她話還沒說完，他擰開那台音響，把一隻手指放在唇上，要她聽聽。

她靜了下來，聽到一段顫動心靈的音樂。她杵在那裡，沉醉地聽著，雙手合十，放在嘴邊。

『是我特別爲你編的，給你練習瑜伽時用。』

她提起一條腿往後踢，上半身俯前，跟地面平衡，張開雙臂，像飛翔似的，用一個瑜伽式子來感謝他。

『原來只需要一條腿，我也能做。』他提起斷過的那條腿，搖搖欲墜。她連忙上前扶著他，說：

『你還沒有完全康復的。』

『我請你出去吃飯！你煮的東西難吃死了！』

『你今天的心情看來很好啊！』

『我有心情不好的時候嗎？』

她笑了：『喔，沒有，你一向並不情緒化！』

那天晚上，她在節目裡播了這段音樂。嘴上帶著幸福的微笑，她說：

『是一個很久沒見面的朋友寫給我的。』

夜裡，她窩在床上，聽的是同一段音樂。他是她嚮往的人，她爲他做過許多青春年少夢。那種她曾經以爲的、凌駕於男女感情之上的欣賞，她後來當然明白，根本就從來沒有超脫於男女之情。那段日子，她展開了嫉妒的翅膀，千迴百轉，在他身邊盤旋。待到她長大了，她才了解嫉妒是青春的心靈，帶點卑微卻不卑鄙。她因為嫉妒而認識自己。

隔天，她滿懷高興走上他的公寓，帶了一本食譜，為他做菜。

『這次你一定會滿意!』她說。

她煮了一大鍋沸水，把牛骨和番茄丟進去，說：

『牛骨湯很有益的。』

『她回來了。』他站在廚房的門檻上說。

『誰?』她一邊切番茄一邊問。

『邢立珺。』他說。

她的眼睛沮喪地朝他抬起來，問：

『甚麼時候回來的?』

『我昨天晚上接到她的電話。』

『喔，她好嗎?』

『我不知道，我們還沒見面。』

『你們會見面嗎？我在這裡會不會不方便？』她匆匆收拾散置在流理台上的東西。一個洋蔥掉到地上，滾到他腳邊，他彎身拾起那個洋蔥交給她，說：

『還沒約時間。』

『喔。』她點了一下頭，匆匆從背包摸出一副太陽眼鏡戴上。

『你幹甚麼？』他問。

『切洋蔥嘛！戴著眼鏡就不怕掉眼淚。』她皺著鼻子說。

她把洋蔥皮剝開，回頭跟他說：

『你出去吧，這裡有油煙。』

他無奈退了出去。

她戴著太陽眼鏡切洋蔥，眼淚一顆顆地掉到指縫間。她用手去抹眼睛，流的眼淚反而更多。

她煮了一鍋非常難吃的菜。那頓飯，兩個人默默無語。她收拾了碗盤，拖延著洗了很久，害怕一旦離開，便沒機會再回來。

她終究還是要走的。幸好，他一向不喜歡開太多的燈，在昏黃的燈下，也許沒注意到她哭過的眼睛。

臨走的時候，他說：

『我聽過你的節目了。』

『你不是說不再聽電台節目的嗎？』

他沒說話。

『覺得怎樣？』她問。

『我的眼光沒有錯。』他微笑說。

『謝謝你。』她朝他苦澀地笑。

然後，她把門掩上，獨個兒走下樓梯。就在這個時候，她突然聽到從樓上傳來的琴聲。

那是道別的琴聲嗎？

當天晚上，在節目裡，她播了徐致仁爲她編的那支歌。帶著落寞的心情，她說：

『謝謝你告訴我，天意總會有禮物，也有失落。』

在咖啡館相逢的那天，他說他的腿傷要六十天才復原，她陪他度過了四十天。這段美好的時光，就像當年每個晚上她在錄音室裡對著他一個人做節目的那段日子。生命的故事在輪迴。七年前，她不過是他和邢立珺那個故事裡的小波瀾。

七年後，她依然只是個小波瀾嗎？

CHAPTER 3

租書店的秋天

她聽說從沉澱可以占卜未來，
她望著杯底出神，始終沒看出甚麼來。
那一層咖啡的沉澱不像預言，
反而更像租書店裡那段已逝的秋日時光，
終於會了無痕跡，被時間濾洗。

外公留下的這爿租書店坐落在一條寧靜的小路上。自從外公和父親過世之後，這裡就由外婆和她打理。小小的租書店是她長大的地方，打從有記憶的那天起，她幾乎沒離開過這裡。這種生活說是乏味也不是乏味，反正她從沒見過比這裡不乏味的生活，也就無所謂乏味了。

她也安於這種生活，只要坐在櫃台後面，就可以知道四季的變換，無須跨出去一步。就像現在，當對面小公園圍欄上的牽牛花初開的時節，附近那所小學男校也開學了，是租書店最忙碌的時候。當黃桐樹上的枯葉飄落，就已經是深秋了。再過一段日子，禿禿的枝椏會宣告隆冬的降臨。

她根本不需要望向對街那麼遠，租書店旁邊的盆栽店對季節的反應比公園更要敏感一些，店裡幾乎每個月都換上一些新的盆栽，前些時候還在賣薰衣草，這幾天已經放滿雞蛋花了。

在這裡，她能夠看到比四季微小得多的時序：那就是一天的流逝。這麼多年來，這種流逝的方式幾乎沒有變化。早上，會有上班族在書店外面匆匆走過。當一群群小男生揹著書包擠進來喧喧嚷嚷的時候，就是學校放學了，那時是四點鐘。再晚一點，她的舊同學朱薇麗挽著一把小提琴到隔壁的音樂教室授課，就是將近六點鐘的時候了。朱薇麗經過的時候，總會跟她點頭微笑。再晚一點，外婆和她也就結束租書店的一天，到公園外面的車站等車回家。

有兩條路線往東區的巴士和往返機場的快車是在這裡停站的，常常有人拖著行李上車下車。時間，就在外面的腳步之間流逝。她很明白外婆為甚麼捨不得把租書店關掉，對一個老人來說，這種日子容易打發。何況，這裡每天還會跑進來許多活潑的小男生，把外婆簇擁著。

滿頭鬈曲銀髮的外婆看上去就像一位慈祥的校長，七十多歲的臉上，還帶著一點點孩子氣，這也許就是她從前為甚麼會寫兒童故事的緣故吧。她有一顆不老的童心。興頭來了，外婆會跟那些小男生說故事。遇到愛看書的男生，她會推薦一些她認為值得看的書。有時候，她很佩服外婆那麼健談，照理她這個孫兒身上也該流著外婆的血才對，她卻從來也羞於主動去跟別人親近。她寧願躲在櫃台後面，一邊做功課，一邊戴著耳機聽音樂或是電台節目。這陣子，她最喜歡的那個電台在招募電台ＤＪ。『你想改變生活或者改變對生活的看法嗎？』這句宣傳口號常常在她耳邊迴響。有一次，她剛好望著電腦屏幕上那一頁會計學的功課，這不就是她目前的生活，甚至是她以後的生活嗎？她大學入學試的成績，就像她中學每一年的成績，證明她並不比別人聰明和幸運。考不上大學之後，她閒閒散散了一段時光，知道這樣子不是辦法，便跑去報讀公開大學。

選修會計，要說有甚麼特別的理由，也許就是會計不需要很好的英文吧。英文一直是她的弱點，首先是念不好，因爲念不好，漸漸變成敬畏，卻又不得不去面對，於是，英文不好，竟然就像是一種缺憾。香港是個虛榮地，你數學不好、地理不好，甚至中文的成績不好，別人不會怎麼看你，但是，英文不好，就連自己都覺得好像矮了一截似的。所以，她有時候就覺得租書店的生活實在無愧於她。

直到一天，一個人闖了進來，就像一片不知名的葉子輕輕飄落在她心上，讓她發現，遠在生活的那邊，原來還有一方天地。

這一天，她坐在櫃台後面戴著耳機聽音樂，一邊低著頭，嘴巴一開一合地吹著自己額前的劉海。當她專心做著這種無聊的玩意時，一個聲音在櫃台前面響起。

『請問租書需要甚麼手續？』

她抬起頭，一個穿著涼爽的夏日襯衫的男孩子站在那裡，比櫃台高出大半個身來。她因爲被看到那種蠢蠢的玩意而尷尬地笑了笑，問：『你要租哪本書？』

『就是這兩本。』原來，他不知甚麼時候進來了，早已經在書架上選好兩本小說。

『我們每本書要三十五塊錢的保證金，還書的時候就退回給你。每本書的租金是七塊錢，可以保留兩天。過期還書的話，每本每天就要罰五塊錢。』她一本正經地說，然後，她問：『你要租嗎？』

男孩子帶著羞澀的微笑朝她點頭，從錢包裡拿出鈔票付錢。

『你等一下，我寫一張保證金單給你。』她邊說邊打開租書用的那本記錄簿，翻到今天那一頁，指著空白的那一行，說：

『麻煩你把名字寫在這裡。』

當他寫好了，她已經把找零和保證金單放在他面前了。

『謝謝你。』他把書揣在懷裡，轉身走出租書店。

等了一下之後，她伸出脖子去，看到他站在對街的車站，一邊看書一邊等車。

她把脖子縮了回來，看見那本簿上面方方正正地寫著三個字：郭軒華。她把租出去的那兩本書寫在他的名字旁邊。這兩本書正是她近來覺得非常好看的推理小說。不是沒有其他人租去看過，然而，剛剛她發現他要租的是這本兩書時，她覺得跟他有點親近。她對他有一種她對其他人沒有的好奇心。

整個九月天，他幾乎每隔兩天就會來租書，還書十分準時，書也保持得很乾淨。他每次進來的時候，總會跟她微笑點一下頭。她發現他通常是在學校午飯的時間和放學之後來，而且從來不會在禮拜天出現，她猜想他應該是那所男校新來的教師。

踏入十月天，當盆栽店外面的雞蛋花換上了金盞花的時節，只要知道他那天會來還書，那麼，從早晨開始，她心裡就有一種熱切的期待。等到他來了，她還是裝著很平常的樣子。然而，自從他出現以後，時光流逝的方式突然跟以往不一樣了，變成是兩天兩天的，就是租書和還書相隔的時間，中間靠著一種曖昧的期盼來過渡。

一天，郭軒華來的時候，外婆剛好出去了，書店裡只有她一個人，比平常都要寧靜。他在書架前面看書，那天，他看了很久，她在櫃台後面也一直低著頭看書。這段兩個人單獨共處的漫長時光，就像初始的愛情那樣突然地降臨，她正在看的雖然是殺人兇手把屍體拋到大海的情節，那一刻，她心裡卻充滿了天堂。

後來有一天，他來的時候沒帶背包，懷裡揣著幾本書。他還書的時候，她瞥了一眼，最上面的那本是小學五年級的英文課本。原來，他是教英文的，她的心突然虛了一下，想起自己那種很勉強的英文程度，心情便有些委頓了。

過了兩天，她虛榮地買了一本米蘭昆德拉的《生命中不能承受之輕》，帶回租書店去。她以前只讀過中文譯本，從沒讀過英文版。她一邊讀的時候一邊想著當他來的時候，怎樣可以不經意地讓他看到她正在讀一本英文小說。當他來的時候，她卻把書藏在桌子底下。她不想說謊，這會讓她瞧不起自己。

她終究還是用了好幾個通宵逐字逐句的把書讀完。當一個人不是爲了考試而去讀一本書，便會變成享受。由於她覺得自己也開始懂得一點愛情，她讀的時候特別投入。讀完那本書，她覺得自己的英文好像一下子進步了不少。再見到他的時候，她就沒那麼心虛了。

一個週末的下午，她在公園旁邊的車站等車回去大學上課，偶爾抬起頭的時候，發覺郭軒華就在她旁邊，也是在等車。他看到她，兩個人互相點了一下頭微笑。他們從來沒有在租書店以外的地方相逢，一剎那，大家都顯得有點拘謹。她朝巴士來的方向望了好幾回，又怕他發現她的窘迫，這時候，恰恰有一片黃葉飄落在她腳邊，她於是裝出一副悠閒的樣子，斜著頭去欣賞那片落葉。

車來了，她禮貌地跟他點了一下頭道別，逕自上車去。她找了個靠窗的空位坐下來，並開始低頭讀她帶在身上的那本小說。車子開走的時候，她的靈魂還依戀地留在車站，想著他說不定會目送著巴士離開。一瞬間，她體會到離別原來也是一種微小的幸福。她把書合上，輕輕靠在椅背上。夕陽懶懶散散的餘暉透過車窗灑落在書上和她的手背上，她朝車外望去，嘴角不期然泛起一個甜絲絲的微笑。

光陰的腳步從這一天開始又有了改變，是晝短而夜長。每個晚上，她期盼著黎明的來臨，那便可以早點回書店去，在永晝的時光裡等他出現。這樣的日子是充實的、飛快的。

隔壁的盆栽店已經放滿聖誕花，爲這條平靜的小路換上節日的氣氛。十二月初的時候，她和外婆就像往年一樣，略略把書店布置一下，也預備了一些聖誕卡和聖誕裝飾。

十二月的一天，她在櫃台後面無聊地翻那本租書的記錄簿時，無意中發現郭軒華在一個月之內重複租了同一本小說。她不免浮想聯翩。他爲甚麼重看一本推理小說？他是太喜歡還是忘記自己看過這本書？抑或，這裡的書，他想看的都看過了，爲了要來，唯有重複租同一本書？她看著租書簿上那個書名：《一個靈魂私下的微笑》，這難道是一個暗示？一種曖昧的喜悅頃刻間籠上心頭，她感到自己靈魂私下的微笑。

隔天，她買了幾本新書，等到他快要來的時候才放到書架上，免得給其他人租了去看。他把那本《一個靈魂私下的微笑》帶回來，放在櫃台的時候，她朝他微笑，他也朝她微笑，大家都沒說話，好像在等待兩個靈魂自己聊天似的。

『珍欣，我要出去一下。』外婆這時跟她說話。這第三個靈魂一下子打斷了兩個靈魂私下的神交。

『喔，知道了。』她應了一聲，便又在櫃台後面坐下來。

他走了之後，她連忙把那本《一個靈魂私下的微笑》從頭到尾翻了一遍，又拿起來甩了甩，發現裡面並沒有一張字條掉下來的時候，她不免有點失望。然而，『一個靈魂私下的微笑』不是比任何說話更有意思嗎？

等到他再來的時候，他在貨架上找了一會，然後走到櫃台前面，問她：

『請問有沒有一盒的聖誕卡，那邊只有一張張的。』

她走出櫃台去看了看，想起最後一盒聖誕卡早上賣了，回頭跟他說：

『隔天會再送來，你隔天再來吧。』

『喔，好的。』

除了他頭一天來租書店的那一次，這天是他們說話最多的一次。她看著他走出書店，朝學校的方向走去，身影消失在朦朧的遠處，那一刻，一個突然而來的念頭鼓舞了她。

夜裡，她咬著筆桿，趴在床上，在一本空白的簿上想著要給他在聖誕卡上面寫些甚麼。她寫了：『請常來租書店』，她很快就把這一句刪掉，這一句聽起來就像招攬生意。她又寫了這一句：『我們交個朋友好嗎？』這句也不行，太幼稚了。結果，她寫了滿滿的一張紙，還沒有一句是滿意的。

隔天，他再來的時候，身上換了一件套頭毛衣。

『聖誕卡在那邊。』她指了指牆壁上的貨架。

他選了一盒二十張的聖誕卡，拿到櫃台付錢。她從桌子底下摸出一盒十張的迷你聖誕卡，在他面前很快地晃了晃，說：『這盒小的是送的。』然後把兩盒聖誕卡一起放進膠袋裡。在他還沒來得及看清楚時就塞了給他。

他拿著兩盒聖誕卡，猶疑了一會，想說甚麼又終究沒說。

她的臉一下子發紅，連忙低下頭去，裝著忙別的事情。待到他的腳步聲逐漸遠去之後，她才敢抬起頭來。在她送給他的那盒迷你聖誕卡裡，她在其中一張寫上『你選的書全都是我也覺得很好看的，沒想到我們這麼接近。祝你聖誕快樂。』又寫上她自己的名字，然後夾在第二張聖誕卡之後。這是對『一個靈魂私下的微笑』的微笑的回答。

然而，隔天他沒來，那些小男生也兩天沒來，她才想起學校的聖誕假期已經開始了，怪不得他前一天沒有租書。

在一天比一天長的日子裡，她終於等到學校的假期結束。那群小男生又如常地進來圍著外婆聽故事，但郭軒華始終沒有再出現。他是故意避開她，還是因爲某些原因，已經離開了學校，她無從知道。

經過了一個漫長的冬天，當公園裡的洋紫荊翻翻騰騰地開過一遍，再度換上牽牛花開的時節，他始終沒有來。新的學年開始，又來了一批新的小男生，一個個出神地聽著外婆說那些她說了許多年的故事，也夾雜著一些新的故事。四季像往年一樣地流轉，一天的流逝又回復到他來之前那樣。

聖誕節臨近的一天，她接到舊同學沈露儀的電話，約她跟朱薇麗一起吃飯，每隔一段日子，她們三個會見個面聊天。她有好幾個月沒見過沈露儀了。

這天出門的時候，天氣有點反常地冷，她穿上幾年前去世的父親留下的一條深灰色羊毛頸巾出去。這條頸巾是父親穿了很多年的，穿暖了。她很喜歡，覺得特別配自己。

她早了一點來到這家義大利小餐館，她坐下來，把頸巾除下，捲起來整整齊齊地放在旁邊的椅子上，低頭聽著耳機裡放的音樂。

過了一些時候，一個輕快的聲音在她面前響起。

『對不起，你等了很久嗎？』

她微微抬起頭，看到跟沈露儀一起來的竟然就是郭軒華。她的臉緊了一緊，伸手去拉頭上的耳塞，一邊的耳塞扯了下來，另一邊卻還半吊在肩膀上。

『讓我來介紹，這是林珍欣，這是郭軒華。』沈露儀一邊說一邊把手套甩在桌子上。

他靦腆地點了點頭。

『你們認識的嗎？』

他朝她笑了笑，又朝沈露儀笑了，邊坐邊說：『去年我當了三個月的代課老師，學校附近就是她家的租書店，我常去租書的。』

『原來是這樣。』沈露儀說，又問：『朱薇麗呢？她不是和你一起來的嗎？』

『她要帶學生去表演小提琴。』她回答說。

『對啊！是聖誕節。』沈露儀喃喃地說。

她終於明白郭軒華爲甚麼前一年聖誕假期之後沒有再來。那頓飯，他和她都很少說話，大部份時間都是沈露儀在說話，並且時而用一種甜蜜的神情朝郭軒華望去。雖然她已經很努力去傾聽沈露儀的每一句話，但她終歸是茫然地想著其他事情。餐館門外放著一座有一個人那麼高的仿歐洲古董音樂盒，是個拉手風琴的小丑，音樂絲絲縷縷流轉的時候，他的頭會輕輕從左邊轉到右邊，又轉回來。那首老歌她以前聽過，是關於一對小情人的：在那段初戀無疾而終之後，女孩一直期盼著跟她的情人重逢。許多年後的一天：她到教堂參加一個舊同學的婚禮。在那個神聖的祭壇前面，她見到了她當年的小情人，他成了主持婚禮的神父。一瞬間，一種傷感籠罩著她。她曾經想過他們之間許多的可能性，他選擇的路，卻斷絕了她今生的幻想。這首歌，就是女孩在訴說一個輕飄飄卻無奈的故事。

這並不是她林珍欣的故事，卻是他們重逢的調子。

吃過飯後，沈露儀問她：

『我們去看電影，你也一起去好嗎？』

『不了，我要回去做功課。』

她離開小餐館，獨個兒朝蒼茫的暮色走去。郭軒華會跟沈露儀提起那張聖誕卡的事嗎？他們才認識了五個月，她是比沈露儀更早一點認識他的。那又怎樣？現在她羞慚地意識到那個靈魂私下的微笑不過是她一廂情願的傻笑，太丟人了。

走著走著的時候，她突然覺得脖子有點冷，這才發現自己把頸巾遺留在椅子上。她連忙掉轉腳跟往回走。那條頸巾還在那裡，孤伶伶地等著主人認領。桌子上三只他們用過的咖啡杯還沒收拾。他的杯子裡留下了咖啡的沉澱。她聽說從沉澱可以占卜未來，她望著杯底出神，始終沒看出甚麼來。那一層咖啡的沉澱不像預言，反而更像租書店裡那段已逝的秋日時光，終於會了無痕跡，被時間濾洗。

離開小餐館，她朝露天廣場走去。朱薇麗帶著一群小孩子來參加音樂會。台下擠滿了觀眾，台上一個合唱團在唱聖詩。

朱薇麗看到她，抖抖索索地跑過來，朝她微笑說：『你不是跟沈露儀吃飯嗎？』

『吃完了。』她說。

『今天很冷呢！』朱薇麗搓揉著手掌說。

她縮著脖子點頭。

『沈露儀好嗎？在電話裡聽說她交了男朋友。』

她酸溜溜地點了點頭。

『那個男孩子是做甚麼工作的？』

『出版社的編輯。』

『那不像她會喜歡的人啊！』朱薇麗皺著鼻子說。

她沒回答，在冷風中哆嗦。

『我們快出場了，你留下來聽吧！』朱薇麗把她拉到台邊。

她杵在那裡，寂寞地聽著聖誕佳音。

那些日子，眞的是了無痕跡嗎？

聖誕節之後的一天，她如常跟外婆在車站等車回去。一輛小貨車停在盆栽店外面，工人把一盆盆賣不出去的聖誕花當作垃圾一樣運走。

『其實那些花還很漂亮。』她說。

『沒有人會把聖誕花留到明年聖誕的。』外婆說。

這句話突然穿過許多尋常日子在她心裡迴響。誰會留著同樣的花度過新的時節？她懷裡不是已經綻放過一株聖誕花嗎？要是她不那麼畏縮和羞怯，結果也許會不一樣。

她常聽的那個電台又開始招募電台ＤＪ，今年的口號是『你想要一個有點風險但刺激的人生嗎？』她寄出了一封應徵信，並且用心製作了一段配上音樂的獨白。不久之後，她接到電台通知她去面試的信。

這一天，電台的走廊上擠滿來面試的人，他們叫她進去的時候，她沒想到跟她面試的是她的偶像夏心桔。

『你的聲音很好啊！就是有點緊張。』夏心桔說。然後，她用她那低沉而迷人的聲音問：『眞的想要過一個有點風險但刺激的人生嗎？那可能會有失業、失戀，甚至失意的可能的啊！』

她嘴上帶著微笑，篤定地點頭。

到了三三兩兩的相思鳥棲息在春日枝頭的時節，她已經退了學，在電台上班，連一向鎭靜的外婆也給她的改變嚇了一跳。

在牽牛花開的時節，一個人闖進了她瑣碎的日子裡，然後又突然消失。一年後，在乍然相逢的失落裡，他還給她的卻再也不是瑣碎，而是遠方的地平線，那裡，時間將有更美麗的腳步。

CHAPTER 4

租書店的聖誕

她百感交雜地朝他看。

她送給他的那張聖誕卡，就像一封寄失了的信，

她以為已經落空了。

隔了漫長的日子，那封信卻又突然出現，

提醒她，故事還沒有完。

林珍欣沒想到會在租書店裡再見到郭軒華，九月初的那天，她下午在店裡幫忙，看到穿著涼爽襯衣的他走了進來。

她愣了一下，他羞怯地微笑，問：

『租書的手續還是跟以前一樣嗎？』

『喔，是的。』她杵在櫃台後面說。

『有甚麼新書嗎？』他問。

『你喜歡看犯罪小說嗎？我有傑佛瑞‧迪佛的《棺材舞者》。你有沒有看過他的《人骨拼圖》？』

傑佛瑞‧迪佛的一系列偵探小說以全身癱瘓的神探林肯‧萊姆當主角，是林珍欣近年最喜歡的偵探小說。

『當然看過，連《人骨拼圖》的電影版都看了。這本新書好看嗎？』

她雀躍地點頭。

然後，郭軒華首先說：

『我回來學校教書，這一次不是代課，是長工。』

『喔，是嗎？』她咧起嘴，沒有繼續說下去。

自從在那家義大利餐館見過面之後，她一直躲著沈露儀。過了一段日子，沈露儀打電話給她，埋怨她自從當上電台ＤＪ之後就沒找過她。她推說是因爲電台的工作太忙。沈露儀在電話那一頭說：

『我跟他分手了。』

『你是說郭軒華？』

『還有誰？』

『爲甚麼？』

『他不是我的類型，我也不是他那一類。』

『那爲甚麼會開始？』

沈露儀笑了一下，說：

『有些人只是過渡。』

如果早點知道這個消息，林珍欣也許會比較高興。這個消息卻來晚了，最近，她和一個男孩交往。男孩名叫高田三，是一支新晉樂隊的主音歌手，個子小小，不過，人很活潑俊俏。他們第一次見面，是在電台舉辦的小型音樂會上。她當司儀，他的樂隊是其中一支表演隊伍。音樂會結束之後，她在巴士站碰到他。

他尷尬地朝她笑了笑，說：

『你也是等巴士嗎？』

她點了點頭，看見他提著電吉他、穿著皮夾克等巴士的樣子，心裡覺得有點滑稽。

『我住在廉租屋。』他說。

她笑了一下，沒答腔。

他靠在欄杆上，問：

『你喜歡我們的歌嗎？』

她點點頭。

『我每晚都聽你的節目。』他說。

她有點受寵若驚，不知道說些甚麼好。

他那雙孩子氣的眼睛朝她看，說：

『你的聲音很好聽。』

她的臉陡地紅了，回應他一個羞澀的微笑。

那天晚上，巴士誤點，車站只有他們兩個人。他突然問：

『你會彈吉他嗎？』

她搖了搖頭。

『下次教你。』他自信滿滿的說。

她可沒說過要學，卻不知道怎樣拒絕。

隔天晚上，她做節目的時候，高田三走了進來，說是來找朋友。她知道他是來找她的。他待在直播室，一直等到她差不多做完節目才告辭。第二天晚上，他又來了，趴在她面前睡著。

醒來的時候，他抱歉地說：

『失眠幾天了，聽著你的聲音好睡。』

『你在家裡聽收音機也可以。』她說。

他笑笑說：『別人沒我這麼幸運，可以坐在這裡。直到目前爲止，這是當歌手最大的好處。』

她不能說自己一點也不感動。高田三不是她的類型。她不喜歡穿皮夾克、彈電吉他、手上戴著銀戒指的男孩，她也不認爲這種人會喜歡她。

『你爲甚麼老是盯著我的手指？』那天晚上，他在直播室裡問。

『沒甚麼。』她尷尬地說。

第二天，他再來的時候，經常戴在手上的幾枚銀戒指不見了。他的聰明感動了她。漸漸地，她習慣了他有事沒事都來直播室走走。她每天主持兩個節目，一個在半夜，一個在中午。她常播他們那支樂隊的歌。他歌唱得好，知音卻不多。

有天晚上，他出席一場音樂會之後，來直播室找她。

他沮喪地趴在桌子上，一句話也沒說。

『有事嗎？』她關心地問。

他搖了搖頭，繼續趴著，突然又直起身子說：

『我們出場的時候，觀眾喝倒采。』

她難過地朝他看，說：

『很多紅歌星以前都被人喝倒采。』

『就知道你會這樣說。』他沒精打采地說。

『你們會成名的。』她不知道自己為甚麼這樣說，也許是預感吧。

『等到我成名了，我會請你看我們每一場的演唱會。』他甜甜地說。

他是喜歡她的吧？她心裡想。不然他為甚麼天天來？為甚麼老是在她面前那樣孩子氣？他有時會帶自己喜歡的唱片來，央求她在節目裡播。他會打電話跟她聊天，追著問：

『你甚麼時候跟我學吉他？將來我紅了，可就沒時間教你了。』

她咭咭的笑，沒法想像將來的事。他既然喜歡她，為甚麼從來不說？好像是在等她開口。他要是稍微了解她，就知道她是不會開口的。

終於有一天晚上，他離開直播室的時候，給了她一張門票，說：

『明天我們在大學有個音樂會，你能來嗎？』

她獨個兒去了那場音樂會。高田三滿懷感情地唱出自己寫的一首新歌，一首很動聽的歌。他的歌聲把台下的人都吸引住，那一刻，她發現自己喜歡了台上的他。

她一直以爲自己不會喜歡這類型的男孩，命運卻愛跟她開玩笑。

回去的路上，她接到高田三的電話。他緊張地問：

『爲甚麼找不到你？』

『我走了。』

『爲甚麼不等我？』

『很多人包圍著你呢！恭喜你！』

『你喜歡我的新歌嗎？』他患得患失地問。

『嗯，很好聽。』

那支歌說的是一個男孩的愛情和夢想。她總覺得歌詞裡有些話是他對她說的。

隔天到租書店幫忙時，郭軒華卻來了。他的樣子一點也沒變，話比以前多。

『我聽到你在電台主持節目。』他說。

『喔，是的。』

『你的聲音很像一個人。』

『誰？』她問。

她以爲他說的是夏心桔。他說：

『邢立珺。我初中時每晚都聽著她的節目做功課。』

『我也是。』她說，然後又說：

『她的聲音那麼動聽，我怎可能像她？』她羞澀地說。

郭軒華爲甚麼不早點來？前一天晚上，她離開音樂會。高田三知道她走了，在電話那一頭說：

『你在哪裡？我來找你。』

他來了，跑得渾身是汗，臉上帶著興奮的神色。

『很多人喜歡我的新歌。』他說。

『我打算明天在節目裡播。』她說。

他突然然拉住她的手，說：

『我們去慶祝！』

郭軒華要是早一點來，她的故事也許會不一樣。

她把那本《棺材舞者》交給他，她剛看完，還沒放到書架上去。就在這個時候，高田三走了進來，像前幾次一樣，他很熟落地鑽進櫃台，把唱機裡的唱片換掉，播的是他前一天唱的新歌。

『我帶了這首歌給你。』高田三親暱地說。

她尷尬地看了看郭軒華，郭軒華臉上的表情有點愕然。她不知道說些甚麼好，他拿了書，道了一聲再見，走出租書店。

『那個人是你朋友嗎？』高田三問。

『呃，是我朋友以前的男朋友。』

『有點土。』高田三說。

『我也很土。』她說。

他露出一彎迷人的淺笑，說：

『你不土。』

她突然有些迷惘。高田三真的喜歡她嗎？看著郭軒華離去的背影，她心裡竟是有點憐惜的。

『他是不是喜歡你？』高田三問。

『誰說的？』

『他的眼神說的。』

『不會啦！』

『你今天晚上會播這支歌嗎？』

她點了點頭。

『你會留心歌詞的吧？』他那雙眼睛動人心弦地朝她看。

她的臉紅了。

然後，他說：『今晚見。』

他走了，她心裡卻有點混亂。待到夜裡，她在節目裡播那首歌的時候，心裡竟想著郭軒華也許會聽到。

兩天後，郭軒華來還書，他臉上的神情有點不自然。

『書好看嗎？』她問。

他點了點頭，又去看書。

外婆在椅子上懶懶地打盹。她躲在櫃台後面看書，眼睛沒看他。郭軒華會以爲她和高田三是甚麼關係?他在乎嗎?他會失望嗎?她不明白自己爲甚麼想要知道他的感覺。

他借了一本書，登記的時候，他說：

『你朋友那天播的歌很好聽。』

『是他唱的。』

『喔。』他明白了，問：

『他是歌手?』

她點了一下頭，在他眼裡看到了酸澀的神色。

以後的幾天，她沒去租書店，不知道他有沒有來。後來有一天，她在一家時裝店的櫥窗前面碰到他。

她想給自己買些衣服。商店櫥窗裡放著兩套衣服，一套比較素淨，是她喜歡的，一套比較新潮，是高田三會喜歡的。她不知道該試試哪一套。

這個時候，背後有人叫她，是郭軒華，他手裡拿著一袋新書，剛從書店走出來。

『眞巧。』他說。然後，他指著素淨的那套衣服，說：

『你穿這些衣服會好看。』

她訝異地朝他看，他尷尬地說：

『只是我的意見。』

結果，她兩套衣服都買了。穿了新潮的衣服上班的那天，高田三並沒有來找她。他近來很忙，他那首新歌唱得很好。她就知道他是有才華的。

無數個夜晚，她一個人待在直播室裡，時而朝直播室的大門看，希望下一刻推門進來的會是他。她發覺自己一點也不了解男孩子。她不大搭理他的時候，他很在乎她似的。當她想念他，他卻又不在乎了。

直到一天傍晚，她在電台走廊上碰到他，他纏著另一個女電台ＤＪ，甜甜地說：

『你會播我的歌吧？』

她恍然明白了。

他轉過頭來看到她時，臉上的神色有點尷尬，很快又變得親切地朝她說：

『珍欣，你好嗎？』

她仍然相信他是會成名的，到了那時候，他再也不需要用他俊美的色相去討好她們這些電台DJ，期望她們多點播他的歌。

半夜裡，她做完節目，一個人躲起來聽歌。她起初並沒有喜歡高田三，如今爲甚麼會有傷心的感覺？她是爲自己的天眞傷心，她怎麼沒想到她手上握著在節目裡播歌的權力？她傷心不是因爲感到自己被利用了，而是發現自己並沒有値得愛的地方。

後來有一天，她在電台主辦的一場音樂會上碰到他。他出場時，台下一大群年輕的女歌迷力竭聲嘶地喊著他的名字，跟以前那種落寞，完全是兩回事。

她回去後台時碰到他，他靠在燈火闌珊的走道上抽煙。她以前沒見過他抽煙。看見她時，他直了身子。她點了一下頭，打他身旁走過。

『成名的感覺眞好，像擁有全世界。』他說。

她笑了一下，沒回答，瞥見他手上戴著幾枚閃閃亮亮的銀戒指。

她想，他也許從來就沒有打算不再戴這些銀戒指。

這個時候，她的手機響起，是母親找她，告訴她，外婆在家裡昏倒，給送了去醫院。那是個難熬的夜晚，外婆患的是心臟病，要不是及時送到醫院，也許連性命都保不住。在急症室外面等候的那一刻，她忽然發覺，有沒有被利用，有沒有值得愛的地方，甚至將來會不會成名，都不重要了。

外婆雖然康復過來，但租書店再也做不下去了。自從她進了電台工作，就只有外婆一個人支撐著整間租書店，終於累壞了。

外婆縱有多麼捨不得外公留下的這爿租書店，也不得不放棄。這是林珍欣長大的地方，她又何嘗捨得？但是，人生總有告別的時刻，就像高田三唱紅了的那支歌，歌詞說：

『我要走我的路，是告別的時候。』

那天，她在租書店裡把東西打包的時候，郭軒華來了。

『我聽到你在節目裡說，你外婆生病了。她還好嗎？』

『是心臟病，做了手術，已經出院了，沒甚麼大礙，但我們不放心讓她回來工作。』停了一下，她說：

『書店要關門了。這些書，我打算送去給圖書館。』

他眼裡滿是悵然的神色，放下手裡的書，說：『我來幫你。』

他沒想到，他來了，她卻要走了。他辭去出版社的工作，回來學校教書，無非是希望可以再見到她。他說不出喜歡她甚麼，她喜歡的書，他也喜歡。她播的歌，也是他愛聽的。他和沈露儀分手，難道沒有一點是因爲她嗎？在那家義大利小餐館再見到林珍欣的那天，他恍然明白自己喜歡的是她。他不知多麼懊悔沒有早一點打開她送的聖誕卡，後來卻已經晚了。

『我和她分開了。』他說。也許是知道離別的時刻來臨，再不說就沒機會了，縱使她也許會覺得他唐突。

『我知道。』她朝他微笑，然後甚麼也沒說。

租書店隔壁的花店已經堆滿了聖誕花，往年這個時候，她和外婆會把書店布置一下，今年卻連聖誕卡都沒有再賣了。

『你那年送我的那種迷你聖誕卡，今年還有嗎？』他突然問。停了一下，又說：『我直到去年聖誕才用到第三張聖誕卡，可以送聖誕卡的朋友愈來愈少了。』他說著說著臉紅了。

她恍然明白，他在一年後才看到那張聖誕卡。

她百感交雜地朝他看。她送給他的那張聖誕卡，就像一封寄失了的信，她以爲已經落空了。隔了漫長的日子，那封信卻又突然出現，提醒她，故事還沒有完。

『那種聖誕卡不賣的，你要的話，我可以送給你。』臉上漾著發自心底的微笑，她跟他說。

CHAPTER 5

第三張聖誕卡

那個電話掛斷之後，他們的故事也掛了。
正如她說，他們一起，
不過是泛濫的同情心和失戀的寂寞遇上了，
然後才發覺根本是大家走錯了方向，
那就只好回去該走的路上。

他們第一次見面是在一間喧鬧的茶室裡。他接到陳平澳的電話，要他帶個口訊去那裡給一個女孩子。

『你叫她對我死心吧！總之想個辦法將她打發。』

『這不太好吧？』他為難地說。

『我再見她，她又會再對我有幻想。我這是為了她好。』陳平澳用一副悲天憫人的口吻說。

『我沒見過她，還是你自己去比較好。』

『放心吧！她不會吃人的，況且我現在眞的走不開。她叫沈露儀，大眼睛長頭髮的。』

他想說不，陳平澳已經把電話掛斷，他只好換過衣服匆匆趕去茶室。有時候，連他自己都不明白，他和陳平澳為甚麼能夠成為好朋友。他們從中學一年級到大學都是同學。兩個人的性格南轅北轍。陳平澳是個萬人迷，長得俊俏，畫畫又漂亮，從小到大都被女孩子簇擁。他自己卻是個不擅交際的書蟲。

走進去茶室的時候，他看到其中一個廂座裡坐著一個身材細瘦的女孩，一直盯著茶室門口，好像等人似的。他想，這個應該就是他要找的人了。

他硬著頭皮走到她跟前，問：

『你是不是沈露儀？』

女孩盯著他瞧：『你是誰？』

『是陳平澳叫我來找你的，我叫郭軒華。』

『他呢？他自己爲甚麼不來？』

『他有事不能來。』他撒了個謊。然後，他問：『我可以坐下來嗎？』

女孩沒回答，死命咬住嘴唇，很想不哭，眼淚卻已汪汪。

他小心翼翼地坐在她面前，生怕驚動了她。

女孩突然朝他抬起頭，聲音沙啞地說：

『我可以在這裡等他，他甚麼時候來？』

『我想，他是不會來的了。』他支支吾吾地說。有那麼一刻，他覺得自己像個劊子手，正要處決這個女人。

女孩睜著那雙可憐的大眼睛，問：

『他是不是喜歡了別人？』

那雙像小狗般漆黑的眼眸朝他輝映著，充滿了哀悽和悵惘。

『我也不知道。』他聳聳肩。

『他在哪裡？你帶我去找他好嗎？』她的聲音顫抖著。

『我也不知道他在哪裡。』他抱歉地說。

一顆眼淚從她臉上滾落，掉到她面前那杯喝了一半的奶茶裡，她喃喃地說：

『我早就應該猜到了。他約我來這種地方見面，根本就不想回來我身邊。』

『這間嘈雜的茶室的確不是談情的地方。』他心裡想。

她那張臉皺成一團，無語。那一刻，他才發覺她穿了一件細肩帶背心，領口開得很低。他不敢正眼看她，只好把視線移到她頭頂。

『他為甚麼派你來？』這句話不像個問題，反而像是哀鳴。她的眼淚突然飛射而出，哇的一聲趴在桌子上嚎哭。

『呃，你別這樣！』他慌亂地制止她，卻發現自己一點也沒有處理這種事情的經驗。

茶室裡的人都朝他這邊看，彷彿他才是那個始亂終棄的負心人。

『帶我離開這裡！』她撐起身子，軟弱地哀求。

他大大鬆了一口氣，匆匆結了帳，帶她離開茶室，離開背後那些好奇的目光。

從茶室出來，他覺得是時候告別了，然而，看到她那副無助的樣子，他心軟了，提議送她回家。

『就在附近。』她說，然後走在前頭。

他跟在她後面，看著那個細小的背影搖搖晃晃地走在路上。他很遺憾自己成了宣告她的愛情死亡的那個人。

女孩突然走進一家小旅館。他愣了愣，跟著走進去，問她：

『你住在這裡的嗎？』

『六樓。』她一邊走進升降機一邊說。

他只好跟著她。

升降機來到六樓，她從皮包裡摸出一把鑰匙，穿過走廊，打開其中一個房間的門，將他拉了進去。

他發現裡面只有一張雙人床，床上的被子掀開了，似乎有人在上面躺過一會。

她攬著身上的皮包坐在床邊，朝他抬起那張掛滿淚痕的臉，說：

『去茶室之前，我租了這個房間，我以爲，只要他來見我，我再帶他來這裡，然後我們親熱，就可以當作甚麼事都沒發生。』

他一直站在門後，有點氣她竟然把他扯進來。

『我們走吧。』他說。

『我不走。』她說

『那我自己走好了。』他轉過頭去。

『你走吧，我不會從這裡跳下去的。』她一邊走過去拉開窗簾一邊說。

他連忙掉轉頭勸她：

『你千萬別那樣，他不值得的。』

『我也知道。』她可憐兮兮地說：『你只要陪我一會就好了。』

現在，他走也不是，留下也不是，唯有坐在角落的一張椅子裡，跟她對峙著。

她脫掉腳上的鞋子，斜靠在床上。

『你跟陳平澳認識了很久嗎？』她問。

『我們從中一開始同班。』他回答。

『我從沒見過你。』

『我們不是常常見面的那種朋友。』

『他一直都有很多女朋友，對嗎？』

他點了點頭。

『我眞是有眼無珠，他本來就很花心。』

『他的本性其實很善良。』

『一個善良的人會像他那樣無情嗎？』

『他只是不懂處理感情。』他爲陳平澳辯護。

『我不知道他有甚麼好。』她歎了口氣。

『他畫畫很漂亮。』

『他沒上進心。』

『他是有點懷才不遇。』

『是他自暴自棄。』

他不同意：『他只是有點浪子性格。』

『他只愛自己。』她忿忿地說。

『他對朋友很好的。』

『但他對女朋友不好，他不專一。』

『他其實沒那麼差勁。』

突然間，他發現自己竟然不斷爲陳平澳說好話，而沈露儀卻不停說陳平澳的壞話。他們不是應該倒轉過來的嗎？她會因爲還愛他而美化他的一切，他會因爲想她對陳平澳死心而說陳平澳不是個好男人，應該是那樣才對的。

『他好像比我認識的還要好很多。』她傷心地說。

『呃，不是的，朋友比較會護短。』他說。

『有你這個朋友眞的不錯。』她又忍不住哭了起來。

『別哭了。』他說。

『我不知道以後怎麼辦。』她抹了一把眼淚說。

『時間會治療一切的。』他安慰她說。

『但是，利息也是一天天加上去的。』

『利息？』他一臉錯愕。

『我向財務公司借了兩萬塊錢給他。』她睜著一雙困倦的眼睛說。

『他這個人眞是的！他一向不擅理財。』

『你認爲他會還錢給我嗎？我根本沒能力還錢，我不過是個學生。』

『有錢的話，他一定會還的，問題只是時間遲早。』他苦笑了一下。

『我想睡了，你不要走。』她轉過身去投向旁邊的枕頭。

他也累壞了，縮在椅子裡睡了一夜，守護著她。

第二天早上醒來的時候，他聽到她如廁的聲音。這麼接近地聽到一個剛相識的女孩發自身體裡的聲音，畢竟讓他有點窘困。

她從洗手間出來的時候，已經梳洗過了，哭過的眼睛帶上一雙大眼肚。

『我走了。』他說。

『你的手機呢？』她問。

『甚麼事？』他把手機從口袋裡摸出來。
『拿來。』她搶過來，按了幾個鍵。
『這是我的電話號碼，你的號碼也給我。』她一邊說一邊把自己的手機交給他。
幾天之後，是他首先撥電話給她的。
接電話的時候，她在銅鑼灣一個投注站。
『你可以過來這邊找我。』她說。她告訴他，她在賽馬會投注站兼職櫃位員。
她在一號窗口當值，他排在下注的隊伍後面。輪到他時，他遞了一張支票給她。
『我們不接受支票下注的。』她說。
『給你的。』他靦腆地說。
她看了看支票上的銀碼，愕然地望著他。
『你拿去還清財務公司的債吧。』他說。
『我不能拿你的錢。』她既感動又慚愧。
『沒關係的。』他說。

他轉身離去的時候，她在後面叫住他。

他回過頭來。她問：

『你要不要買一張六合彩？這一期的頭獎有五千萬獎金。』

『不用了。』他說。他從來沒甚麼中獎的好運道。『我幫你買一張好了。』她堅持。

走出投注站的時候，他以為故事已經結束了。他只是不忍心看著她揹上一身債。那兩萬塊錢比他在教科書出版社當編輯的薪水還要多，可誰叫他有陳平澳這個朋友？

隔天，他接到她的電話。

『你中了六合彩！』她說。

他吃了一驚：『不是吧？』

『真的！今晚八點鐘，我在那間茶室等你，你能來嗎？』

他雖然自問並不貪婪，可是，不會有一個人知道自己中了六合彩也不去領獎的吧？

他去了那間茶室。她坐在那天的廂座裡，看到他進來時，使勁地朝他揮手。

他在她對面坐了下來，發現她比第一次見面時好了很多，沒想到女人復原的速度是那麼厲害的。

『你要吃些甚麼？』她問。

他點了一杯檸檬茶，她點了海鮮湯、番茄雞蛋炒飯和洋蔥牛肉炒麵。

她神秘地笑笑，然後在背包摸出那張六合彩的彩票給他：

『恭喜你，你中了安慰獎！我已經代你領了獎金。』

他突然覺得這整件事很滑稽。來的時候，他想過自己中的可能是頭獎，或者三獎，就是沒想過安慰獎。

那筆獎金剛好足夠他們吃一頓晚飯。吃過飯後，他們在街上晃蕩。

『我已經把財務公司的錢還清了。』她一邊說一邊打開身上的錢包，掏出收據給他看。

『你留著吧。』

『你人眞好。』

他無奈地笑了笑。

『我已經沒那麼想念他了。』她突然說。

『那就好了。』

他朝她看，卻發覺她眼裡噙著淚水。

『我眞的不那麼想他了。』她重複一遍，淚眼卻更矇矓，那張憂鬱的小嘴抿成一條細線。

他看著也覺得難過，一直陪她在街上逛。失戀女人都是精力旺盛的，那天和以後的幾天，他差不多都陪她逛到半夜。

那陣子，她每隔幾天就會找他，有時他們會一起吃飯，或者去看一場電影。一天，兩個人看電影的時候，她的頭突然朝他的肩膀靠去，像靠著一床溫暖的被子那樣。那不是被子，是他被擾亂了的心湖。

他們走在一起，彷彿是理所當然的。相處的日子裡，他發覺和她有很多地方不相似。他愛窩在家裡看書，她喜歡逛街。他們對音樂的品味完全不一樣。他們即使看同一部電影，也沒有共鳴。她有時會跟他爭辯一些觀點，他不太會堅持自己的意見。他不喜歡吵架，也覺得男人應該遷就女朋友。

一個周末，她約了舊同學吃飯，把他拉去了。

『你也該認識一下我的中學同學，她們比你那個同學好太多了。』她語帶嘲諷地說。

來到義大利小餐館的時候，他驚訝地發現她的舊同學就是租書店的女孩林珍欣。他曾在租書店附近的那所小學代了三個月的英文課。發現那家租書店之後，他隔天就去租書。當所有的書他都幾乎租過之後，他重複租了其中一本小說，只是爲了找個藉口去書店。

他和林珍欣幾乎沒說過甚麼，談的都是租書和還書的事情。然而，那個秋天，他人生的時序好像有點不一樣了。租書和還書的日子是相隔兩天的，他的日子也好像兩天兩天的過，是從等待過渡到相見。每一次，他也帶著一個愉快的希望走進租書店，以爲自己這一次會有勇氣跟她聊天。可惜，她總是躲在櫃台後面靜靜地低著頭看書，他也就有點怯場了。

那三個月的代課生涯在聖誕節前結束。最後一次去租書店的時候，他本來想告訴她的。但是，她那天好像很忙，匆匆把他要的聖誕卡塞給他，他的話也就此打住了。

他沒想到，一年後，他們會再見面，他身邊卻有了另一個女孩，她們並且是朋友。他有點窘困，話說得很少。林珍欣的話也很少，那個晚上，幾乎都是沈露儀在說話。那陣子，他們兩個每次見面的時候，都已經沒有甚麼話題了。那天在林珍欣面前，他們才反而像一對情侶，她會時而幸福地朝他微笑，把頭輕輕靠向他。

他竟然對這種親暱有點不習慣。

那天之後，他們見面的次數愈來愈少，似乎大家都提不起勁了。一天，他們在電話裡有一搭沒一搭地聊著，她突然說：

『爲甚麼除了第一次之外，每次都是我找你，你從來不找我？』

她的聲音聽起來是那麼平靜，似乎並沒有傷心或生氣。

那個電話掛斷之後，他們的故事也掛了。正如她說，他們一起，不過是氾濫的同情心和失戀的寂寞遇上了，然後才發覺根本是大家走錯了方向，那就只好回去該走的路上。

不管怎樣，她終究令他對女人認識多了一點。他對她還是有歉意的，抱歉自己沒能做得好一些。也許，他們的故事並不特別。有多少人，也同他們一樣，不過是彼此生命中某段日子的過渡。那種短暫的感情，仍然會有甜蜜的時刻，只是那些時刻比較少；仍然會有妒忌的波瀾，不過那些波瀾也不洶湧。

聖誕節臨近的時候，他找出一年前的那盒聖誕卡。這盒迷你的聖誕卡是林珍欣送他的，當時說是贈品，他只用了兩張。他寄出去的聖誕卡一年比一年少，現在只剩下一個人要寄。

他每年都會寄一張聖誕卡給陳平澳，這是從中一那年就開始的習慣。陳平澳也會回他一張。

當他打開那盒聖誕卡，翻開最上面的那一張時，發覺那張卡片上面用小而方正的字體寫著：

你選的書全都是我也覺得很好看的，沒想到我們這麼接近。祝你聖誕快樂。

林珍欣

他爲甚麼遲了一年才發現？就像一支唱晚了一年的歌，心情不同了，環境也改變了。再好的歌，也不免成了餘音。

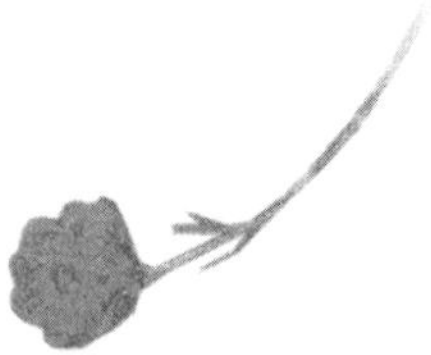

CHAPTER 6

不存在的桃源

只要能跟他一起，甚麼都不重要了。
這種想法多麼卑微，又多麼瘋。
她不知道，
那是因為她始終希望在另一個人身上尋找溫暖，
還是她不夠愛自己。

是愛嗎？那種想回到他身邊，想被他再一次欺負和拋棄的感覺，未免太不自愛。然而，再見到他的那一瞬間，湧上她心頭的，就是這種希望。只要能跟他一起，甚麼都不重要了。這種想法多麼卑微，又多麼瘋。她不知道，那是因爲她始終希望在另一個人身上尋找溫暖，還是她不夠愛自己。

這一天，沈露儀在賽馬會投注站的櫃台裡當値。接近關門的時候，人不多，她低著頭點算收銀機裡的錢。然後，有人把一堆零錢哆哆哆的放在櫃台上，她猛地抬起頭來，看到陳平澳低著頭，從口袋裡再挖出一個五毛錢，說：

『給我一張電腦六合彩票。』

他這才發現站在櫃台裡的是她。他先是有點臉紅，然後，又回復了若無其事的神情，說：

『你在這裡上班的嗎？』

『舊的那個投注站關了。』她溫柔地說，心裡卻跳得厲害。

她數數看，他剛好湊夠二十塊錢，買一張隔天開獎的六合彩票。

她遞給他一張六合彩票，他放在口袋裡。就如同他辜負過的幾個女孩子一樣，他對她是有點愧疚的。分手的時候，他甚至不敢面對她，把她就這樣丟給郭軒華。

爲了彌補某種歉疚，他問了一句：

『你最近好嗎？』

一瞬間，一陣鼻酸湧上喉頭，她努力帶著已經復原的微笑，朝他說：

『我下班了，你等我一下。』她彎下身去拿她的背包。

他倒是有點靦腆了。他從來就沒有和已經分手的女朋友走在一起。她們離開他以後，都巴不得永遠不再見他。

沈露儀從櫃台裡走出來。到了投注站外面，她朝他說：

『我餓壞了，陪我吃點東西好嗎？』

『呃，好的。』他回答說。

兩個人來到一家茶室，她找了個比較安靜的角落，點了一個番茄雞蛋炒飯和一個洋蔥牛肉炒麵。這兩樣都是他以前喜歡的。窮日子裡，他們愛光顧不同的茶室，專挑這兩樣東西吃。他會像個專家似的，比較每個地方做的番茄雞蛋炒飯和洋蔥牛肉炒麵。

『你現在住在這附近嗎？』她問。

他點了點頭：『是我姐姐的房子。她賣不出去，就讓我看房子。』

『舊房子現在很難脫手。』她說。

『那倒好，我可以一直住下去。』然後，他又問：

『你甚麼時候畢業？』

她眼睛朝他看，說：

『我畢業了，在律師行上班。』

『那很好啊，現在剛畢業的律師很難找工作。』

『是教授推薦我的。』

『那你爲甚麼還在投注站兼職？』

『禮拜天不用上班，我想賺點錢。』她說。

『給上司看到你在這種地方兼職，不是太好。』他說。

『他不賭錢的。』她笑笑說。

他聳聳肩，尷尬地點點頭。

『你還是在以前的地方上班嗎？』

『嗯。』那雙失意的眼睛朝她看。

『你送給我的油畫，我還留著。』

『等到我死了，說不定就值錢。』他不無自嘲地說。

『到時候我也不一定會賣。』

他突然感到心頭一陣溫暖。眼前這個他辜負了的善良女孩，竟然沒有恨他。可惜，她將會有美好的前途，而他的將來，也許比現在更糟糕。她該配一個愛她寵她，條件好得多的男人，而不是像他這種男人。

這個想法讓他有點沮喪，他拿起餐桌上的帳單，想去結帳。

『讓我來吧！』她搶了帳單去付錢。

她知道，這一刻，他口袋裡一定沒錢。他把身上的零錢都用來買了六合彩票。每次沒錢的時候，他就會賭氣地這樣做。

『我送你去坐車。』走出茶室的時候，他說。

『你那張六合彩票呢？』她問。

他摸摸口袋，問：『甚麼事？』

『拿來。』她一邊說一邊從背包掏出她的電子手帳。

他把六合彩票摸出來，她抄下了號碼。

『中了獎的話，我會告訴你。你常常忘記對號碼。』

然後，她說：

『不用送了，我走啦！你的電話號碼還是跟以前一樣嗎？』她回頭問。

他點點頭。看著她沒入擁擠的人群裡，他突然好想叫住她，問她想不想看看他住的地方。她也許會願意，也許不。然而，他馬上責備自己這種想法，他不過是寂寞，想騙她陪他一晚。

她走進地下鐵站，沒回頭看。剛才那一刻，假如她說，她想看看他住的地方，他是會答應的。她看得出他現在沒有女朋友，她也看得出他那副寂寞的神情。她是想跟他回家的，但她知道，這樣回去的話，他們的故事還是會跟從前一樣。她會愈來愈在乎他，而他會再一次逃跑。她並不是要吊他胃口；她要吊的，是自己那種想回去他身邊的欲望。那種欲望，會讓她墮落。

明明知道那是墮落，她還是希望這一次會不一樣。也許，眞的不一樣了，他中了六合彩。

她打電話告訴他，他聽起來很高興，在電話那一頭說：

『我請你吃飯慶祝！』

赴約的路上，他有點茫然。他是在走運嗎？然而，他頭一次中六合彩三獎，卻有許多人同時中獎。他的命運大抵也是如此，上天老是作弄他。他從小就很有繪畫的天份，在大學裡修讀美術時，他的油畫畫得很出色，他以爲自己將來會成爲畫家的。可惜，他的畫賣不到錢，只能在一家雜誌社當設計員，偶爾畫一些插圖。幾年來，他換了幾家雜誌社，工作不見得如意。他那雙用來繪畫的手，都快要廢掉了。

他愛上賭馬，賭的其實是自己的命運，他要看看自己到底有多倒楣。他不停換女朋友，害怕那些女孩想和他過一輩子。他知道自己是不值得的。與其說他對愛情的不認眞乃是出於輕浮，倒不如說他壓根兒不相信自己能爲一個女人守住承諾。

他身體裡流著的是他父親的血。十八歲那年，他在戲院裡碰到他父親和一個女人一起看戲。那是個庸脂俗粉的女人，絕對不能跟他賢慧的母親相比。

那天，他避開了父親。他聽說父親在外面有不少風流韻事，卻從來沒有親眼目睹。他爲母親不値。然而，到頭來，他不也是像他那個浪蕩的父親嗎？

和沈露儀一起的時候，一天晚上，他們去看一齣法國電影，在戲院外面碰到他父親和一個胖胖的中年女人一起看戲。這一次，他避不開。父親先是有點尷尬，然後主動走過來跟他說話，似乎是刻意和他友好，希望他能保守秘密。

父親走了。他沒告訴沈露儀這是他父親。看完戲後，他一直默默不語。回去的路上，她滔滔不絕地跟他討論劇情，他覺得煩厭，愈走愈快，直到不知走了多久，才發覺她不在身邊。他把她丟在街上了。就在那一瞬間，他知道該把她放走。

他推門走進那家餐館，沈露儀穿得漂漂亮亮的在等他。

『你今天很好看。』他讚賞地說。

『頭一次來這種高級地方嘛！』然後，她小聲問：『這裡的東西會不會很貴？』

他揚揚手，說：『沒關係！』

她朝他笑了。他還是沒有改變，有錢的時候絕不吝嗇。和他一起的日子，他曾告訴她一句拉丁文的箴言：Carpe Diem，對酒當歌，及時行樂的意思。那天，他得意地說：

『我爸常常這樣說。』

他告訴她，他父親夢想當導演，結果卻當了一輩子的副導演。那個導演夢，大概是白日夢。關於父親，他就只說了這麼多。

她卻一直記著 Carpe Diem。

結帳之後，他把一卷鈔票塞給她。

『我欠你的。』

『欠財務公司的錢，我已經還了。』她說。

『你哪來這麼多錢？』他訝異地問。

『是郭軒華替我還的。你那天不是要他來找我嗎？我告訴了他。』

他搖了搖頭：『他這個人真是好得沒話說，不愧是我最好的朋友！這些錢，你還是留著吧！你現在是律師，總得有幾套體面的衣服。錢我會還給郭軒華的。』

她抬起眼睛朝他看，終於說：

『我和他一起過，現在沒有了。』

陳平澳先是愣住了，然後生氣地說：

『他算哪門子朋友！我叫他去找你，他竟然勾引你！』

『他可能不敢告訴你！』

『看不出他是個狗崽子！』

『是你把我丟給他的！』

他霍地站起來，怒沖沖地說：

『我非要教訓他不可！我看他有甚麼話說。』

她很後悔自己說了。她沒想到他會那麼生氣。她以爲他已經不在乎，可男人原來還是跟女人一樣，自己不要的東西，也不想別人得到。

『你別去！』她在餐館外面拉著他。

『這是我們男人的事，你別理！這麼沒義氣的人，我不會放過他！』

她死命拉著他，還是給他甩開了。

她杵在人行道上，不免責怪自己。她的坦白，是由於不想隱瞞，還是想挑起他的妒忌，看看他是否在乎？她是多麼的狡詐，利用這兩個男人的友情來證明她的愛情。

她茫然地不知道待了多久，以爲他會像看法國電影的那天一樣，把她丟在街上。突然，她看到他朝她走來，身影愈來愈大，直到她發現他眼裡的惱怒不見了，像隻打敗了的狗兒似的，問她：

『他對你好嗎？』

她用力地點頭。

『那我放過他。』他聳聳肩膀，瀟灑的樣子。

『下星期是我的畢業禮，你能來嗎？』她問。

他點了點頭。

她笑了。她一直希望他能出席她的畢業禮。分開之後，她以爲已經不可能了，沒想到他能來。

第二天，她把陳平澳給她的錢存進銀行裡。她不打算動用這筆錢，這些錢，是他們重逢的禮物。況且，有一天，也許他會需要這筆錢。

她曾經發誓絕不會愛上一個像自己父親那樣不忠的男人。然而，她卻不得不承認，在這個男人身上，她看到了父親的影子。她父親有兩位太太，她是二太太生的。她母親沒有正式的名分。小時候，父親常常來看她。父親對她的疼愛，也許超過了他跟髮妻所生的那三個孩子。可是，這樣的家是不圓滿的。

她在投注站工作的時候認識了來投注的陳平澳。他很斯文，又長得好看，像個大學生的模樣，不像投注站裡其他的人。第一次見面時，他掏空了口袋裡的零錢，想要買一張六合彩票，最後還欠了五毛錢。

『我這裡有！』她從毛衣口袋裡掏出吃午飯時找贖回來的一個五毛錢。

他靦腆地笑了：『謝謝你。』

他看起來不像是為了想贏錢而賭錢的人。賭錢的人，沒有不想贏的，然而，陳平澳看來就是那種要看看自己能輸掉多少的人。

後來，她在他家裡看到他畫的那些油畫。就在那一刻，她發現自己愛上了他。

『你常常帶女孩子來看你的畫的嗎？』她斜眼看著他。

『你是第一個。』

她義無反顧地相信了。她替他可惜，他的畫畫得那麼好，卻沒有太多懂得欣賞的人。她終於明白，他賭錢的確是為了要輸。他要證明自己是個失敗者。

她想起林珍欣的母親是著名的童書作家邱莉華，她的書也許需要插圖。她拿了幾張他的畫給林珍欣看，要林珍欣拿回去給她母親看看。

邱莉華看了那些畫很喜歡。回去之後，沈露儀雀躍地告訴陳平澳：

『她想你幫她的書畫插畫！』

『是甚麼書？』

『兒童故事。』

他臉上流露失望的神情。她知道這份工作有點委屈他，但這畢竟是個機會。

『應該難不到你吧？』她故意氣他。

他輕佻地笑了笑，問：

『甚麼時候要？』

然而，他終究沒有交出一張畫。

她是失望的，但她告訴自己，也許有一天他會改變，他會變得積極和進取，只要機會來到，他會變得不一樣。

然而，她不知道是機會沒來，還是他把機會浪擲了。他愛上賭博，債台高築，她把所有積蓄都拿去替他還債。

『我會還給你的。』他說。

想離開他的時候，她總會想起那些快樂的日子。他送了她一張畫，是個世外桃源，茂密的樹林中，有一條幽微的小徑。

『世上眞有這個地方嗎？』她問。

『將來有機會，我會帶你去看。』他說。

她不知道世上是不是有畫中的那個地方，她只是嚮往和他一起去尋覓一個桃源。那樣的想法，是屬於年輕的日子的。

可惜，他不但賭錢，也賭他們的感情。自從看完那齣法國電影之後，他開始對她冷淡，有時連續幾天都不給她一通電話。她像個傻瓜似的，待在家裡天天等他的電話。

她生日的那天，他答應陪她吃飯。她穿了一身漂亮的衣服到他的公寓去，他卻整夜沒回來。她臉上的化妝都糊了，可她沒離開，她要跟他比耐力，無論如何也要等他回來。她不願走出公寓，每天只叫外賣。

她終究是輸了，他一星期都沒回來。

她一星期沒換衣服，那種卑微墮落的感覺終於讓她明白，她那樣愛一個人，只是因爲不夠愛自己。

後來，她終於找到他了。他約她在茶室見面，來的卻是郭軒華。就像那天把她丟在街上一樣，他把她丟給朋友。

她跟郭軒華一起，是爲了忘記他。然而，她不但忘不了他，更發覺自己愛的依舊是那個不曾存在的桃源。

畢業禮的這一天，她杵在禮堂外面一直等一直等。甜蜜的日子裡，他曾經許諾：

『你喜歡甚麼花？到時候我帶一束花來你的畢業禮。』

她幸福地蜷在他懷裡，說：『甚麼花都好。』

畢業禮結束了，她看不見花。她的希望再一次落空。同學們拉著她去拍照，有人把懷裡的一束紅玫瑰借給她。

她朝遠處的草地看去，並沒一個特地爲她趕來的男人。他在乎嗎？還是一直以來，只有她在乎？

她並沒有自己想像的那麼難過。這個浪蕩的男人教會了她Carpe Diem，也教會了她，在別人身上尋找溫暖，是注定要失望的。

CHAPTER 7

難忘的氣息

每一次，當她靠近他，或是她雙手碰觸到他的手時，
他都嗅聞到她身上糅合了茉莉花香水、
青草和陶泥的獨特的氣息。
這些味道只有他一人獨享，是一天裡最美滿的獎賞。

空蕩蕩的車廂裡，只剩下陳平澳一個人，司機轉過頭來看了看，確定他沒打算下車，關上車門往回走。巴士駛在顛簸的山路時，陳平澳無精打采地把脖子上的領帶拉了下來，隨便塞進外衣的口袋裡。

車子遠遠離開了大學。陳平澳下了車，他帶在身上的一束香檳玫瑰，給遺留在他坐過的位置上，那裡還有餘溫。

他在街上晃蕩，現在是甚麼時候了？沈露儀的畢業禮應該已經開始了。這個天眞的女孩也許還在那兒等他。

他們分手後又重逢，他對她一點都不好。既然她已經習慣了他的失約，這一次，她應該也不會太失望。

他本來答應了出席她的畢業禮。他很想遵守自己的承諾。大清早起來，他打扮了一下，結上一條黑色領帶，準備了玫瑰，鑽上一輛往大學的巴士，想給她一個驚喜。

車子快到大學的時候，他靠著車窗玻璃的反光動手整理自己那頭亂蓬蓬的頭髮，就在那一瞬間，他發現自己落入一種莫名的沮喪之中。好幾年前，他常常是坐這條路線的巴士到大學去上課。這個熟悉的地方，目睹過他那段永遠無法說與人聽的初戀。

那一年，他十八歲，剛上大學，念的是藝術系。跟他同時考上大學的有郭軒華、李恩如和徐惠之。他們四個在大學附近租了一幢兩層樓高的公寓，他和郭軒華住樓下，李恩如和徐惠之住樓上。

那時候，他對人生滿懷憧憬。他喜歡畫畫，夢想當畫家。他是那麼開朗、積極、重義氣，很受同學和朋友歡迎，許多女孩子喜歡他。中三就開始跟他同班的李恩如一直對他很好，他是知道的。然而，他嚮往的愛情終究還沒出現。也許，這種愛情就像油畫裡的留白，無法刻意去經營，只能仰賴靈光乍現。

一年級下學期，他們要修陶塑課，負責這一課的是一位客席講師，名字叫范文芳。陳平澳早已經在其他同學那裡聽聞過她了。范文芳在陶塑界很有名氣，她做的陶雕和浮雕拿過不少獎項，然而，她最讓人談論的並不是這些。據說，她是出名的美人，十七歲時當過電影明星，兩年後悄悄息影，到外國留學去。

她十七歲的時候，他才不過五歲，對她一點印象都沒有。他想，同學們，尤其是那些女同學，也許說得太誇張了。

第一天上陶塑課時，課室裡擠滿了學生，多半是男生。那天陽光燦爛，他正想著這位傳聞中的美人怎樣出場，一個穿著一身白衣裳的長髮女子這時走了進來。在太陽的逆光中，她的輪廓有些模糊，然而，白衣裳裡透出一副玲瓏有致的身體，他看著看著怔呆了片刻。

范文芳站在工作台上，他定定地看著她。她哪裡像電影明星？她比許多電影明星都要漂亮。歲月若是在她身上留下了任何痕跡，那就是給了她一雙深不可測、烏黑明亮的眸子。她和她那一頭溫柔的長髮在微笑，這微笑，在陳平澳心裡綻出了一朵玫瑰。

像他這樣變得痴痴傻傻的男生，班上有好幾個。要贏得女人的青睞，男人要做的就是拚了命表現他的才華。他以前也學過陶塑，後來爲了專心畫畫才沒有繼續。初始的愛情就是最燦爛的靈感，他很快成了班上最出色的學生，只要范文芳走過他身邊時，投給他一個讚賞的眼神，他情竇初開的靈魂就會從身體裡升起來，在課室的天花板上飄蕩，直到下課的鐘聲把他喚回來。

一天，下課的鐘聲響徹之後，范文芳走到他跟前，那雙清亮的眼睛朝他看，說：

『我遲些有個陶塑展，需要一位助手，你有興趣來幫忙嗎？』

他點了點頭，努力不表現出高興的樣子。然而，她也許已經看出來了，青澀的他，根本不懂得掩飾自己的喜悅。

『那麼，你明天到我的工作室來。』她說。

他又點了一下頭，黏滿泥膠的手往褲子上抹，傻呼呼的樣子。

『你主修哪一科？』她問。

『西洋畫。』他靦腆地回答。

『明天帶幾張你的畫來給我看看，可以嗎？』她朝他微笑。

他答應了。

回去公寓之後，他把兩張自認最得意的作品拿出來，這才後悔自己答應帶畫去給她看。這些畫哪能拿去見她？他本來想著要在她跟前炫耀一下，但是，現在看來，這些畫不是技巧太幼嫩，便是欠缺了深度。

『吃飯啦！』房間外面響起一個聲音，是李恩如。

『你們先吃吧。』他說。

『郭軒華和徐惠之去補習了，只有我們兩個，我做了炒飯。』然後，她又問：

『這些畫，你要拿到哪裡去？』

『沒有，沒有。』他氣餒地說。

『你最近很少畫畫，好像都忙著做陶塑。』她說。

『這兩張畫，你幫我拿去扔掉。』他朝她說。

她拾起地上的兩張畫，抱在懷裡，不解地問：

『爲甚麼？這兩張畫，你畫得很好。』

『拿走！拿走！』他重複一遍。

她只好把兩張畫帶走。

『你眞的不要？別後悔才好啊！』她回頭說。

他倒在床上，背朝著她，氣自己答應了帶畫去。

第二天，他兩手空空來到范文芳的工作室。她的工作室在大學附近，靠近山邊，是一幢白色的小石屋，前面有一片綠油油的草地。

屋裡只有范文芳一個人，她身上穿著工作服，早就在那裡等他了。她的工作室分成兩個房間，一間放滿了書架，有個小廚房和一張典雅的長木椅子；另一間擺滿已經完成和未完成的陶塑，一張長桌上散亂著顏料、泥膠和紙張，屋頂上有一塊乳白色大玻璃鑲成的天窗。

『你來了？』她投給他一個溫柔的眼神。

他的臉唰地紅了，羞澀地走到她跟前。

她發現他手上甚麼也沒有，於是問：

『你不是要帶些畫來給我看的嗎？』

『呃，那些畫見不得人。』他有點帶窘地說。

那雙閃亮的眼睛朝他諒解地笑了。

『我們開始吧！展覽會兩個月後舉行，我還沒幾件東西可以拿出去見人。』她說。

他看了看工作室裡幾件已經完成的陶塑，朝她說：『你是說笑吧？這些都很了不起。』

她走到兩個人像陶塑中間，說：

『你是說這個跟這個？』

他點了點頭。

她突然拿起一個榔頭把那兩個陶塑敲得粉碎。

『沒有靈魂，沒有新意！』她沮喪地說。

他呆了一會，沒想到她會毀了自己的作品。

『我們從頭開始吧！』她朝他抬起眼睛說。

然後，他看到那個美麗的身影俯下身去收拾散落在地上的碎片。那個身影是那麼失落，明知道這簡直是不自量力，那一刻，他卻竟然想守候在她身邊，幫她做出最好的東西。

他幾乎每天都待在她的工作室裡，幫她完成那些陶塑的模型。這樣的時光是幸福的。每一次，當她靠近他，或是她雙手碰觸到他的手時，他都嗅聞到她身上糅合了茉莉花香水、青草和陶泥的獨特的氣息。這些味道只有他一人獨享，是一天裡最美滿的獎賞。

一天，他在搓泥的時候，一小團陶泥擲到他臉上，黏著他的鼻梁。他聽到她開朗稚氣的笑聲，知道是她在跟他玩耍。他笑了，覺得一刹那之間，她離他近了。

『累嗎？』她問。

他搖了搖頭。

『我累了。』她說，『我去煮羅宋湯。』

她煮了一大鍋熱騰騰的羅宋湯，舀了一碗給他。他們在長椅子上盤腿坐了下來。

『好喝嗎？』她問。

他用力地點頭，眼鏡因爲熱湯而蒙上了霜。她輕輕把他的眼鏡從臉上拿下來，朝鏡片呵了一口氣，然後用自己的衣袖抹了抹。

他的臉發紅，羞得低下頭只顧著喝湯。那碗湯卻早已經喝完了。

她把眼鏡還給他。

『謝謝。』他抬起頭來接過眼鏡，把它放回自己臉上去。

帶著曖昧的喜悅，他回到自己的公寓去。李恩如拿著剛剛洗好的衣服，在他的房間裡。

『你的衣服，我幫你洗好了。』她說。

『謝謝你！』他臉上漾著甜蜜的微笑，說。

『你近來常常很晚才回來。考試快到了，你不用溫習的嗎？』

『知道了！別那麼囉唆！』他一邊哼著歌，一邊把脫下來的外套往床上扔。

她拾起那件外套，掛到衣櫥裡，背朝著他，偷偷嗅聞那件外套，發覺除了陶泥的味道，沒有別的。

『你好像很開心呢？』她用試探的口氣問。

他摘下眼鏡，問：

『我想配一付隱形眼鏡，你覺得怎樣？』

『我覺得你戴眼鏡的樣子比較好。』她噘著嘴說。

『眞的嗎？』他雖然半信半疑，還是把眼鏡戴上了。

第二天，往工作室的時候，下著大雨。他發現她穿著米白色的裙子，打著一把紅傘，在小白屋外面等他。他匆匆跑上去，她走上來爲他擋雨。

『爲甚麼男生都不愛帶雨傘？』她笑笑說。

『瀟灑嘛！』他像個大男人似的說。他發現自己巴不得一夜之間老十年，老二十年，不再是她心中的小男生，而是個可以保護她的、雄赳赳的男人。

進屋裡去的時候，她咳得很厲害。

『你生病嗎？』

『我沒事。』她搖搖頭說，『也許是在這裡吸了太多灰塵。』

『你要不要休息一下？』

『我們沒時間了，還有很多事情要做。』她說。

剛才她咳個不停的時候，他微微顫抖的手在她背上輕柔地掃了兩下。他不知道她是沒感覺到那隻手，還是默默接受了那隻手。

他們各自做陶雕，他的眼睛卻常常投向她，擔心她太累了。終於，在她咳得喘不過氣來，一張臉都漲紅了的時候，他放下手裡的東西，命令她：『你應該休息一下。』

『好吧！』她乖順地回答。

她脫下身上的工作服，軟癱在長椅上。他倒了一杯熱水給她。

『謝謝你。』她喝了一口水，把杯子還給他。

『你躺一會吧。』他蹲下來說。

她微微喘著氣，眼睛定定地看著他，就像做陶塑似的，她用一隻大拇指輕輕地、溫存地撫摸他的額頭、眼窩、鼻子和臉頰，把他臉上的灰塵抹走。他伸手去摸她的長髮，用手指把她幾綹頭髮捲了起來。

她輕輕地嘆息，意味深長地看著他。她又咳了，手離開了他的臉，閉上眼睛說：

『我躺一會就好。』

他像一頭忠心的小狗守候著主人似的，守候在她身邊，沒敢走開。聽到她熟睡的鼻息，他才悄悄從地上站了起來，離開房間，去完成他手上那個陶塑。他已經決定今後專注做陶塑，范文芳就說過他很有天份。他從沒想過人的夢想會因爲另一個人而改變。在他情竇初開的年紀，他突然明白，一個人的夢想，唯有在另一個人加入時，才有了幸福的重量。

但是，他很快就發現那不是他能承受的重量。距離陶塑展還有十天，那也是他最糟糕的一天。他跟郭軒華去看電影，那是一齣女孩子沒興趣的美國科幻片。快要開場的時候，他突然看到他父親跟一個庸脂俗粉的年輕女人手牽手走進來，就坐在前幾排，他連忙俯下身去假裝繫鞋帶。等他們坐了下來，他抬起頭，看到這兩個人親暱地靠在一起。

他尊敬父親，當電影副導演的父親從小就鼓勵他畫畫，是父親告訴他，人沒有夢想便不值得活。他尊敬的父親，卻背著他母親和其他女人一起。

戲院裡的燈暗了，他悄悄走出去。他要告訴母親嗎？他不忍心看到她難過。

他的思緒一片混亂。走著走著的時候，他看到前面停了一輛名貴的轎車，一個小女孩從車上跳了下來，回頭說：

『媽，快點啊！』

然後，他看見范文芳從車上走下來，牽著小女孩的手。

他僵呆在那兒。范文芳看到他的時候，臉上的微笑也凝結了。

這個時候，男人下了車。他三十出頭，穿著光鮮的西裝，身上散發著成功男人的氣息。

『你們認識的嗎？』他問范文芳。

『是我的學生。』范文芳微笑說。

男人朝陳平澳禮貌地點頭，那小女孩好奇地盯著他看。

『這是我丈夫。』她大方地說。

男人伸出手去，陳平澳失神地跟他握了一下手。

『對不起，電影要開場了。』他抱起女兒走進戲院，范文芳手裡拿著女兒的粉紅色外套，跟在後面。她沒回過頭來看他。

他心頭一酸，很沒出息地濕了眼眶。回家的路上，他努力把淚水咽回去，淚水卻飛射而出。他能怪她麼？她沒說過自己已經結婚，可她也沒說過自己還沒結婚。在她那成熟的丈夫面前，他不過是個黃毛小子。這個黃毛小子的父親，今天還泡上了一個庸脂俗粉的女郎。他憑甚麼跟范文芳的丈夫較量？

她是利用他嗎？他幫了她很多。但那不可能是利用。她沒有他也是可以的。他是誰？哪有利用的價値？

帶著一雙腫脹的眼睛，他回到公寓去。

他打開房間的門，發現李恩如縮在他的被窩裡。

『你不是跟郭軒華去看電影的嗎？』他突然跑回來，她嚇得坐了起來，用被子捲住只穿著內衣褲的身體。

他驚愕地盯著她看。她哭了。近來他神采飛揚，她猜他是有了喜歡的女孩。她等他這麼多年，她有甚麼不好？他偏偏不把她放在眼裡。她感到自己快要失去他了，這陣子，當他不在屋裡，她常常偷偷脫下身上的衣服，鑽進他的被窩裡，可憐地嗅聞他的氣息，幻想自己投進他的懷抱裡。直到今天之前，他從沒發現。

她急得哭了，又羞愧又難堪。他喜歡的那個女孩才不會這麼卑微。她淚眼汪汪地看著他。就在那一瞬間，他了解地朝她看，走過去，抱著顫抖的她，撫愛那瘦小的、流淚的身體。

他想著自己吻的是范文芳，那條逾越了的界線，並沒有因現實而封鎖。

他沒有再到工作室去了。那個陶塑展聽說很成功，他沒去看。他沒勇氣找她。

他也沒去上陶塑課。學期結束的時候，她給了他這一科滿分。第二年，她沒有再擔任客席講師了。

他偷偷去過那幢小白屋一趟，又折了回來。他恨她麼？他發現自己比以前更愛她。對她的思念時時刻刻折磨著他。他不該在陶塑展的最後關頭離棄她，她是需要他的。她用拇指撫愛他的那種特殊方式，難道不帶一點感情嗎？是他在她平淡的婚姻中給她注入了新的靈感。她說的『沒靈魂，沒新意』，不就是在遇見他之前的生活嗎？直到如今，他還能嗅得到她夾雜著茉莉花香味和陶泥的氣息。

他放棄了陶塑，那是他不敢碰觸的回憶。他重新拾起畫筆，可惜，生活已經不一樣了。他對李恩如很差勁，傷透了她的心。他後來又和許多女孩子交往過，都是不認眞的。

在范文芳以後，他愛的所有人，都不過是爲了忘記她。

然而，就在今天，當他帶著滿抱的玫瑰往大學去，在車廂的玻璃反光中看到自己時，不免思潮起伏。他曾經以爲，沈露儀也不過是其中一個他用來忘記范文芳的女孩，卻突然發現，重逢以後，她在他心中，變得有點例外。他竟會爲她結上領帶，準備去參加她的畢業禮。他連自己的畢業禮都缺席。

他終究沒有下車，他再也禁不起眞心愛上一個人的痛楚。

CHAPTER 8

藍黴乳酪的吻

他傻呼呼地笑，像個孩子似的。
她沾滿法國藍黴乳酪的嘴唇印在他兩片嘴唇上，
那是她有生以來最濃稠的一個吻。

是嫉妒還是愛？直到如今，她還是不了解。

中學時代，誰都知道她和李恩如最要好。兩個人讀書的成績都好，樣貌出眾，又會打扮，書包也用同一款，儼如姊妹花，到哪裡也受注目。

只有她自己知道兩個人是有分別的。李恩如是獨生女，生長在一個富裕的家庭，父母把她寵得像公主一樣。她徐惠之可是另一個故事。父母在她五歲那年分開了，她跟著上班族的母親生活，住在租來的小公寓裡。壞脾氣加上人生的不如意，母親和女兒的關係很糟。每次要零用錢，她都得跟母親大吵一頓。

有一次，母親狠狠地把她的零用錢扔在桌子上，生氣地說：

『別再問我要錢！』

她悻悻地說：『是你把我生下來的！』

母親氣呼呼地瞪著她，眼裡泛著淚光，吼道：

『那你去找你爸！他從沒負過責任。』

她心裡知道，父親根本不會要她，父親連養活自己都成問題，況且，他已經有家庭了。

『這個世界真的不公平啊！』她常常在心裡想。光看外表和氣質，誰都會以爲她比李恩如更像富家女。李恩如爲人內向，又有點怕事。徐惠之有時候像她姊姊，保護她，爲她出頭。然而，現實生活裡，徐惠之卻只是個灰姑娘。

她不知道李恩如心裡怎麼想，她自己卻總是處處和她比較。她喜歡聽到別人私底下說她比李恩如漂亮一些，身材要好一些，人更聰明一點、可愛一點。她一直暗暗跟李恩如較量，可是，她同時又需要這個朋友去分享她的心事和青春的煩惱。

她們讀的是男女校。兩個人都太出眾了，反而沒有男孩敢追求她們。追求她的幾個男孩，都是隔壁男校的。那是出了名的貴族學校，她那幾個追求者都是富家子。李恩如對這些男生一點也看不上眼。打從中三那年跟陳平澳同班之後，她就單戀著他。徐惠之成了她唯一的聽眾，幾乎每天都聽到她說著陳平澳。

『不如我把他勾引過來，然後交給你。』她自信滿滿的說。

『你不會對他有興趣吧？』李恩如那雙疑惑的眼睛朝她看。

『陳平澳不是我的類型！』她沒好氣地說。

陳平澳無疑是很有吸引力，可她從來沒看上他。她喜歡的不是這種和她同一個社會階層的窮學生，她需要的，是把她帶去另一個階層的男生。她已經厭倦了自己的階層，厭倦了每次向母親要零用錢時總要給教訓一頓，她也厭倦了看到喜歡的東西沒法即刻擁有。她不像李恩如，太幸福了，就會找些事情來自虐。

他們後來都考上了大學，在學校附近合租了一幢房子。上了大學，徐惠之的生活就更精采了，她參加很多活動，成了大學裡的風頭人物。李恩如除了上課之外，就愛躲在家裡，像個小媳婦似的，替陳平澳洗衣服、收拾房間，爲他下廚。有好長一段日子，她們只在晚上見到面，聊幾句，又各自忙著自己的功課。她心裡覺得李恩如這種沒結果的暗戀是在耽誤時間，甚至耽誤了學業。可不知道爲甚麼，她沒提醒她，有那麼一刻，她甚至認爲這種耽誤是好事。李恩如沒以前那麼進取，兩個女孩的這場競賽，她便會成爲贏家。她突然感到上天是公平的，李恩如好像一出生就擁有一切，卻偏偏得不到她喜歡的男人。

可惜，她錯了。那天晚上，她去參加舞會回來，皮包裡放著在舞會上抽到的一對鑽石塑膠錶。她興奮地跑上二樓找李恩如，想把其中一枚手錶送給她。李恩如不在房間裡。她窩在床上，等著等著睡了。

早上醒來的時候，她走到樓下廚房去喝水，看見李恩如從陳平澳的房間走出來，頭髮亂蓬蓬的。

李恩如看見她時，一張臉馬上緋紅緋紅的，朝她笑了。那一刻，她不無震驚地發現自己竟然妒忌。

那枚手錶，她沒送給李恩如。她恨這個擁有一切的人。那以後，她常常刻意留在圖書館溫習，就是不想看到李恩如幸福的模樣。直到一天，她回家晚了，聽到李恩如在房間裡啜泣的聲音。她推門進去，那雙淚汪汪的眼睛朝她抬起來。

『是不是他對你不好？』她生氣地問。

李恩如垂下了頭沒回答。

她走過去抱著她。當她不幸福的時候，她們突然又再親近起來。她心都軟了，覺著自己這些日子以來對李恩如太冷淡了，她怎麼可以這樣對待自己最好的朋友？

『他根本不愛你。』她幾乎是帶著興奮對李恩如說出這句話。她心裡知道，陳平澳不會喜歡李恩如這種沒性格的女孩。

李恩如怔怔地朝她看，難過又難以置信地發現，在她最好的朋友眼裡，她原來是不値得愛的，她是比不上她的。

『你這個人心眼太壞了！』李恩如恨恨地說。

『你這話是甚麼意思？』她心虛地問。

『你心裡明白。』

『你以爲所有人都應該愛你嗎？』

『我沒有這樣認爲！』

『你太幸福了，所以成了笨蛋！』

『我沒你想的那麼笨！他不愛我，你高興了吧？可他也不會愛你！』

『這個世界上，只有你認爲陳平澳很可愛！』她嘲弄地說。

李恩如笑了，奚落地說：

『對啊！你只認爲有錢的男生可愛！』

她從來沒受過這種侮辱。她滿懷怨恨和驚訝朝她的好朋友看，顫抖的聲音說：

『我明天會搬出去。』

她搬走了。從此以後，兩個人再沒來往。在校園裡碰到的時候，也刻意避開對方。那兩年，她的生活好像缺少了一塊拼圖，是不完整的。

畢業之後，她考進一家外資集團當見習生，那是從幾千人之中選拔出來的，前途好，薪水也優渥。她聽說李恩如靠人事進了銀行工作，職位並不高。

她認爲自己贏了李恩如麼？她沒有這種感覺。她的工作一點也不容易，爲了爭取表現，她常常超時工作。這份工作的壓力大得她透不過氣來，同事之間的競爭也使她無法放鬆。她一直相信自己是新人之中最出色的。然而，新來的女上司對她特別挑剔。『那是妒忌吧！』她心裡想。這位女上司年紀比她大很多，沒結婚，樣子很平凡。

有時候，她眞希望結婚算了，但她當時交往的男人，是個成天只會賽車的公子哥兒。這種人，跟他談戀愛是可以的，要他跟你結婚，可就不容易了，她也並不想嫁一個自出娘胎之後從沒做過正經事的男人。

那天，她加班後拖著疲乏的身軀回家。經過Starbucks，她進去買了一杯熱騰騰的牛奶咖啡。就在拿了咖啡轉身的時候，他看到陳平澳獨個兒在桌子那邊喝咖啡。

他朝她點頭微笑，她走過去。

『剛下班嗎？』他問。他看到她手上提著公事包。

她疲倦地點了點頭，問：

『你好嗎？』

他靦腆地笑了。

她看得出來，他的生活不見得好，人倒是成熟了，比以前更有吸引力。他們聊著聊著，直到咖啡店打烊。

『你和李恩如還有見面嗎？』她問。

他搖了搖頭。

『我也很久沒見她了。』

沉默了一陣，她說：

『去吃點東西吧！我還沒吃飯，肚子有點餓。』

他點了點頭，朝她微笑。她突然發現他臉上的笑容多麼親切又熟悉，一下子把她帶回去那段青蔥歲月。她從前爲甚麼沒喜歡他？是她天眞地以爲可以找到一個富有又有內涵的男孩子，還是因爲李恩如喜歡他，她也就覺得他只是個很平凡的男生？

那頓消夜是在她家裡吃的，他們喝紅酒、吃乳酪，他跟她談他喜歡的畫家和畫，她跟他談她喜歡的電影和書。從來沒有一個男人，可以讓她如此自在地談自己，可以毫不掩飾自己對藝術的膚淺認識。她想起那天早上看到李恩如從他房間裡走出來的時候，她心裡多麼的妒忌。是的，她承認，她也想過要鑽進他的被窩裡，她想知道抱著他的感覺。

她現在知道如何挑逗一個男人，然而，在他跟前，她卻技窮了。她喝了很多的酒壯膽，一邊吃乳酪一邊嚷著自己會胖死。他卻說他會畫一個可愛的胖女人送她。

她先是笑了，然後又哇啦哇啦的哭了。她原以爲自己會一帆風順的，沒想到畢業三年了，跟她當初期望的是兩回事。

他苦笑著說：『你比我好啊！我的畫，一張也沒賣出過。』

她抹乾眼淚，朝他促狹地笑：

『等你死了就能賣錢。』

他傻呼呼地笑，像個孩子似的。她沾滿法國藍黴乳酪的嘴唇印在他兩片嘴唇上，那是她有生以來最濃稠的一個吻。

和他同居的日子是快樂的。他為她畫了一個胖女人。當她回家晚了，偶爾會發現他下廚為她做了一頓飯。然而，他不停換工作，有一陣子更失業了。他根本不知道外面的世界發生甚麼事，也不了解商業社會的爾虞我詐。每次她跟他傾吐工作上的事情，他從沒認眞去聽。她終於明白，即使認眞去聽，他也不懂。

她是喜歡他的，她從沒這麼喜歡一個人，但她也知道，跟他一起的人生是不長進的。他愛她嗎？他們相逢的那天，大家都失意。他對感情從來就沒認眞過。他從不肯說愛她。他給她的感覺，只是彼此的過渡。

好日子過不了多久，他離她一步步遠了。她看得出他和別的女人來往。她沒質問，不是她不在乎，而是關乎自尊。他們從來就沒有公開承認過彼此的關係。她沒告訴別人她有這個男朋友，那她又為何要知道他和別的女人的事？不是她天生灑脫，是她的好勝使她看起來灑脫。

一天，他回來晚了，她坐在床邊的椅子上等他。他沒說話，她想跳到他身上去，狂暴地吻他，和他親熱，也許只要這樣，他們還是可以繼續一起。可是，她心裡想的和她口裡說的偏偏是兩回事。

『我們分開吧。』她冷冷地朝他說。

他沒回答。

他聽到這句話，竟然可以那樣若無其事，一句話也不說，一點難過的神情都沒有。

『我要睡了。』她爬上床，背朝著他躺著。她想，她一定是哪根筋有問題，竟然在這個時候說『我要睡了。』就好像甚麼也沒發生。

第二天早上，她睜開惺忪睡眼醒來，發覺他已經走了。她狠狠地哭了一場，她不能原諒自己，她跟他說的最後一句話，竟然是『我要睡了。』他跟李恩如分手時，李恩如一定不會說這種蠢話。

像陳平澳這種男人，雖然不愛李恩如，但他會憐惜她。她是弱小的、敏感的。他是她的第一次。可陳平澳會憐惜她、懷念她嗎？

陳平澳走了，她重又過著以前的生活。只有一次，她和新相識的男人去吃昂貴的法國菜。末了，侍者推來一車乳酪，要他們挑選一些。她選了一小塊至愛的藍黴乳酪。當她把一小口乳酪往嘴裡送，那濃烈的氣味嗆得她咳了，咳出淚來。她知道她以後再也不能吃這種乳酪了。

半年後，她跳槽到另一家公司，升了職，薪水也提高了，經常要出差。第一次出差，是到東京去。她第一次到東京，是跟李恩如和她父母去的。考完大學入學試的那個暑假，李恩如和家人去東京旅行，把她也帶去了，旅費是李恩如的父母爲她支付的。

那是個愉快的假期，她們要好得像雙生姊妹，說好了將來要當對方的伴娘。夜裡睡在同一張床上的時候，她卻多麼希望一覺醒來，她和李恩如可以對調身分？同屆畢業的同學之中，她的發展是最好的。同學都羨慕她這種自由自在又優雅的女行政人員生活。旅途上的孤單，別人是不會明白的。

這天大清早，她要到新加坡公幹，一去就是兩星期，她招了一輛計程車往機場去。昨夜忙著整理會議的文件，她睡得很少，沒精打采地靠在後座的椅背上。車子經過一條寧靜的小路時，她看到一對男女在路上跑步，兩個人穿著白色的運動服，像是情侶，一邊跑一邊喁喁細語，看上去很幸福的樣子。她認出那個女的是李恩如。車子緩緩在兩個人身邊經過，李恩如沒看到她。

多少年了？她一直以爲李恩如活得不比她快樂，她以爲她還是痴痴地思念著陳平澳，她以爲她即使再戀愛也只會是平凡平淡的戀愛。然而，當她孤身上路，過著飄泊的生活時，李恩如竟是幸福地和一個很不錯的男人一起。上帝有多麼的不公平？直到這一刻，她還是輸給她。

她眞的從沒愛過陳平澳嗎？那天她以爲自己是故意這樣說的，可她現在不知道，是爲了嫉妒還是愛，她跟他一起過。

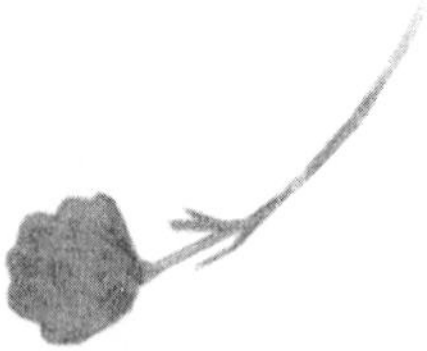

CHAPTER 9

樓底下的小提琴

她那段一廂情願的傷感的初戀，
就好像宿舍那一夜的琴音，也許都不過是愛的夢影。
當最後一個音符在琴弦上輕輕地拂過，也就了無痕跡。

朱薇麗的小提琴是八歲那年開始學的。一天，經過樂器行的時候，她看到櫥窗裡有一把很漂亮的小提琴。她拉住她父親的手，停下腳步怔怔地看了很久。父親在旁邊問：

『你想學小提琴嗎？』

她抬頭望著父親，興奮地點頭。於是，父女倆走進去報名。後來她才知道，教她小提琴的余老師是很有名氣的。她一學就是十年。她並沒有成爲帕格尼尼，也沒有成爲小提琴家，她不是那種材料。她享受的是小提琴帶給她的快樂。她是個獨生女，小提琴陪伴著她成長，她喜歡音樂那個簡單美善的世界。然而，余老師說，她的問題就是掌握不到樂曲裡複雜的感情變化。『當你長大了，多一點人生閱歷，也許就會不一樣。』老師說。

她的確是沒有甚麼人生閱歷。她生長在一個三口之家，父親是水警，母親是一位秘書，父母都是對生活要求很簡單的人，從來不曾給她甚麼壓力。她童年大部分的時光都在海上度過。當水警的父親常常帶她到水警輪上面玩，她最愛站在甲板上迎著海風和落日拉她的小提琴。半生在海上工作的父親跟她說，一個人經常對著大海，甚麼事情都會看得開。母親就是欣賞父親這種豁達。有時候，她覺得自己的幸福就像一杯葡萄糖水，沒有咖啡的深度，也沒有酒那種複雜的層次，卻是維持生命的水。她那些在單親家庭長大的同學都羨慕她，她也就覺得不應該抱怨這種單調的幸福。

她在大學念地理系，有幾個很談得來的同學。她在學校裡不算突出，也不平庸，就像她的外表一樣，假如裝扮一下，她會覺得自己滿漂亮。所以，她喜歡買衣服、化妝品、唱片、雜誌……她最愛上網郵購衣服和精品。然而，買了再多的衣服，她常常穿的還是那幾件，買了許多支口紅，她愛用的始終還是那一支。她的房間也因此堆滿東西，亂糟糟的。她討厭收拾，比如說收拾床鋪吧，反正晚上又會把床鋪睡亂，那幹嗎要每天整理一遍？至於衣服，她總能在凌亂的衣櫃裡找到自己那天想穿的衣服，所以就沒有必要放得太整齊了。母親常常取笑她，說她不是藝術家，卻有藝術家的邋遢。她在家裡雖然比較隨便和懶散，每次出去，她倒是穿得整整齊齊的。

她買東西也不花家裡的錢。她課餘在樂器行裡教小提琴，一星期五天，收入很不錯。她的學生大部分都是附近學校的小男生和住在這一帶的小孩子。這種生活其實就是她童年的生活，分別只是，她由學生變成了老師，依舊停留在一個簡單的世界裡。她那幾個要好的同學都有男朋友了，大家都忙著談戀愛。她表面上好像不在乎，心裡卻是既羨慕也有點焦急。但是，她寧願一個人，也不願意隨便找一個。這方面，她是有點潔癖的，不像她平時那麼邋遢，她甚至會為這種堅持而欣賞自己。

她不是沒有對象，但，說是對象，也不盡然，因為不知道對方的想法，她也沒表白過。那天，他走進課室來。當他發現自己是班上最老的一個學生，神情有點尷尬。他名叫鄭逸峰，兒時學過小提琴，後來放棄了。下課後，她翻看他的報名表，他跟她同年，比她大四個月，是個大學生，住在樂器行附近。

她從沒教過一個年紀比自己大的學生，他也沒遇過一個比自己年輕的老師，兩個人相處起來都有點拘謹。她經常捉住那些小男生的手，糾正他們的動作，有時也拍拍他們的小腦袋。對他，她卻是比較避忌的。一碰他，她就會臉紅，他也會臉紅。年齡的接近反而造成了兩個人的距離。

他一星期來上兩堂課，從不缺課，上課時很用功。二十二歲雖然還是很年輕，但是，對於學小提琴來說，年歲畢竟大了一點。

要是一齣默劇裡需要一個小提琴家的角色，那一定非他莫屬。他拉小提琴的動作比許多演奏家都要優美和動人。有時候，她出神地看著他那充滿感情的身體語言，甚至忘了糾正他的錯誤。她想，如果他拉琴，由她來配音，那將會很完美。

他說話不多，下課後總是匆匆離去。自從他來了之後，每次上課，她的心情都很愉快，連腳步也變得輕盈，也更悉心打扮自己。

冬日的某天，上課的時候，一支〈小夜曲〉拉到一半，她發覺他的頭擱在小提琴的腮托上睡著了。她湊近一點看，他像個嬰兒那樣睡得香甜，她幾乎聽得見他的鼻息。她故意清了清喉嚨，他沒醒來。看到那張臉，她突然心都軟了，不忍心叫醒他。她拿起自己放在旁邊的小提琴，繼續那支未完的〈小夜曲〉伴他進入夢鄉，就在那一瞬間，愛情像輕輕拂過的琴弦，撥動了她內心曾經夢想的部分。她輕搖著身軀，帶著微笑拉琴。當他從腮托上醒來的時候，抱歉地朝她笑了笑，並不知道自己睡了半支曲的時間。

她從來沒探究他爲甚麼來學小提琴。既然他來了，她也就不需要知道爲甚麼。

學琴可以純粹是一種享受。然而，那些小男生的家長卻不是這麼想。班裡的小男生最近一個個退學了，原來學校請來了一位很有名氣的小提琴老師在學校開班，她那些學生都轉過那邊去了。她很明白，家長們都知道她沒甚麼名氣，更不可能培育出一個神童小提琴家。她不太在乎收入減少，她的自尊卻畢竟受到了一點傷害。

這天下課後，她走出樂器行，一輛巴士剛剛停站，她連忙跑過馬路去，趕上這班車。當她鑽進車廂的時候，看到鄭逸峰也在車上。他朝她靦腆地點了點頭。

『以前沒見過你坐這班車。』她首先說。

『我一個補習學生最近搬了家，我去替他補習。』

『每一天？』

『嗯，除了周末和周日。雖然路程比較遠，但他是個很乖的學生。他明年就要參加中學會考，這個時候換老師，對他不是太好。』他說。

『看來你是一位好老師啊！』

『也不是。』他謙虛地說。

『應該比我好吧！你沒發覺最近班上有很多學生退學嗎？』

『聽說是那所男校自己找來了教小提琴的老師。』

『人家是名師來的，比我有經驗許多。我怎能跟他比？』

『我覺得你教得很好。』他說。

『有一次，你上課時也睡著了。』

『我是因爲前一天通宵幫同學修理電腦沒睡覺，所以才會在上課時睡著了，對不起，跟你教學無關的。』他抱歉地說。

她朝他微笑，由衷地感激他，感激他那天睡著了，也感激他這天給她的鼓勵。

『你的電腦很棒的嗎？』她問。

『我在科技大學念電腦的。』

『我在中大，念地理。』她說，然後，她問：『你也是第三年吧？』

『嗯。』

『畢業後有甚麼打算？』

『已經有一家資訊科技公司聘用我，畢業後就可以馬上上班。』

『那你的成績一定很棒了。』帶著欣賞的語氣，她說。

『也不是，我只是比較幸運。你呢？你有甚麼打算？』

『我們這一科的出路比較狹窄，離不開教書。』

在搖搖晃的車廂裡，他們聊了許多事情。她早該到站了，爲了跟他聊天，過了兩個車站之後才跟他道別。下了車，寒風凜冽，她抖抖索索的往回走。那遙遠的路卻拉近了她和鄭逸峰的距離。

她和他變熟稔了，課堂上有說有笑，小男生的離開不再困擾她，她寄出的求職信也有回音。唯一困擾她的，是一種不敢表白的心情。她不知道鄭逸峰心裡想些甚麼，會不會已經有女朋友。她沒勇氣追求男孩子，卻不知道他是不是同樣沒勇氣主動。

直到一天，她懂得了。她在大學圖書館裡碰到他跟林雅慧一起。看到她時，他靦腆地點了點頭。帶著失落的心情，她匆匆離開圖書館，裝著是要去上課的樣子。林雅慧是大學的校花，不是愛出風頭愛俘虜男生的那種校花，她的美是脫俗的，是女生們私底下羨慕、仰望而又不會妒忌的。她蓄著一頭長直髮，高瘦個子，身上的衣服很樸素。她是藝術系的高材生，油畫畫得非常棒。男生爲了親近她，都跑去選修藝術系的課。她和林雅慧是認識的，在校園碰面的時候，她們會彼此點頭招呼，卻從來不會交談，她們之間有一些不能觸及的話題。

那天晚上，在網上郵購了三件衛生衣和一雙運動鞋，還有一個漂亮的布包之後，她的心情好了一點。對手是林雅慧的話，她幾乎不可能贏，那就乾脆認輸好了。她很難忘記鄭逸峰坐在林雅慧身邊的那種神情，他看起來就像戰戰兢兢地坐在一個女神身邊，隨時準備爲她拋頭顱、灑熱血似的。不過，這種神情同時也透露了一點線索，那就是他們也許還不是男女朋友。

隔天在樂器行裡，下課之後，她和鄭逸峰一起走出去。他問：

『你和林雅慧是認識的嗎？』

『嗯，但不熟。』她說。然後，她又問：『她是你女朋友嗎？』

他搖了搖頭。

『你喜歡她的吧？』她酸溜溜地說。

『我不知道自己有沒有機會。她以前的男朋友拉小提琴很棒的。』

『你跟他認識的嗎？』

『不，我只是聽她說過。』

『那他們爲甚麼分手？』

『她沒說。我想，我也沒資格問。』

『你就是爲了她而來學小提琴的嗎？』

『嗯，我希望有一天可以爲她拉一曲。』他傻氣地說，然後又請求她：『你千萬別告訴她我正在跟你學小提琴。』

她點頭答應了。

『以我的進度，不知道哪年哪天才可以做得到。』他說。

『我替你補習吧，就像你替學生補習一樣。』

『眞的？』他興奮地說，停了一會，他又說：『可我負擔不起學費，否則我已經天天來學了。』

『免費的。』她說。

『免費？』他詫異地望著她。

『這個時候放棄你，好像太殘忍了。』

『我可以用別的東西代替學費嗎?』他說。

『別的甚麼?』她奇怪。

『你的電腦有任何問題,都可以找我,而且是二十四小時服務的。』

『那好啊!一言爲定。』

她爲甚麼願意做這種傻事?也許,她是眞的不忍心放棄他,不是被他的故事打動,而是被自己打動。雖然他喜歡的是別人,但她願意成全他。

那天之後,他每天都來樂器行補習。她用錄音機把上課練習過的歌錄下來,讓他回到家裡可以練習。說是成全他,不也是成全自己嗎?只要能夠見到他,她覺得甚麼都是値得的。

一天夜裡,她的電腦突然失靈,未寫完的論文和要用的資料都在裡面,她想到他答應過的事情,於是打電話向他求助,他馬上就過來。

『我不知道它甚麼地方出了毛病,我明天要交論文。』她望著那台電腦說。

他坐到那台電腦前面。不一會兒,已經瀟灑地收服了那台欺負她的機器。

『其實只是小毛病,不過對你來說可能比較複雜。』

『謝謝你。』

『這是我欠你的。』他說。

『你今天有練習嗎?』她問。

『你找我的時候,我剛剛在練習。不過,也許來不及了。』他的神色有點沮喪。

『甚麼來不及?』

『我知道過兩天是她的生日,我本來希望可以在這一天爲她拉一支歌。』

『你們過兩天有約會嗎?』

他搖了搖頭:『她說她要留在宿舍裡溫習。』

『是的,我們要考畢業試。』然後,她問:『你學小提琴,就是爲了這一天嗎?』

他羞怯地點頭,說:『我眞後悔以前放棄了小提琴,也沒想過自己現在變得這麼笨拙。』

『小提琴眞的需要一點時間。』她說。

『我知道。』失望的聲音。

『不過，我倒有一個辦法。』

『甚麼辦法？』他問。

『這應該是目前最好的辦法了，保證你可以如期送出這份生日禮物。』

『眞的？我願意爲你修一輩子的電腦來報答你。』他興奮地說。

『那一言爲定。』

她哪有甚麼辦法？除了她自己。

林雅慧住在大學宿舍的三樓，她的房間有一扇偌大的窗子。她的書桌就放在窗邊，當她坐在書桌前面，她的側影也就落在窗前。那些男生故意繞路經過女生宿舍，爲的就是仰望她的剪影。

這天夜裡，鄭逸峰帶著他的小提琴來到宿舍樓下。他戰戰兢兢地朝樓底下望去，那裡躲著一個人，就是朱薇麗。朱薇麗的肩膀上也擱著一把琴。鄭逸峰把弓搭在琴上，手有些兒震顫。她已經預備好了，等待著他的訊號。

終於，他朝她點了一下頭，弓滑過琴弦，沉醉地拉出一支巴哈的歌。然而，只要仔細看就會發現，他的弓並沒有眞的碰到琴弦，拉琴的是躲在樓底下的她。他的動作是那麼好看，不會有人懷疑那不是他在拉琴。

琴聲絲絲縷縷的飄上去，林雅慧打開了窗，看到這個傻氣而深情的男人。她沒說話，默默站在窗前。

那一支歌拉完了，過了一會，朱薇麗聽到從樓梯上面傳來的腳步聲，連忙閃身到另一邊。走下來的是林雅慧，她走到鄭逸峰跟前，他手裡拿著琴，兩個人都沒說話。

朱薇麗站在林雅慧後面，看不見她的臉，只看到她那個軟了下去的背影。她知道她應該是感動的。她把琴藏起來，悄悄穿過宿舍後面的草地，帶著一種難言的酸澀離開。她曾經想過，假使鄭逸峰拉琴，由她來配音，將會很完美。她沒想到所謂完美就是她一個人挽著琴孤單地走在回去的路上。

她教鄭逸峰說謊，因爲她不忍心告訴他，即使他窮一輩子的努力，他的小提琴也比不上林雅慧以前的男朋友。那個男孩子是她的師兄，他們在余老師那裡一起學過琴。他是余老師最寵愛的學生，十一歲那年已經公開表演小提琴獨奏，是個天才。好幾年後，他認識了林雅慧，兩個人像金童玉女似的。她不知道他們後來爲甚麼會分手，只知道他三年前去了義大利深造。這天晚上，她拉的歌就是那個男孩常常拉的一支曲。她當然沒有他的水準，然而，他們曾經受教於同一位老師，也因此總有一些相同的地方。她選了這支歌，猜想這支歌能夠感動林雅慧。

回家的路上，她抽抽搭搭地哭了。原來，成全別人，是要有一點痛苦的。

隔天在樂器行裡再見到鄭逸峰，他有點沉默，她心裡也有點不是味兒，兩個人沒怎麼說話。過了幾天，下課的時候，他告訴她：

『我向她招認了。』

『招認甚麼？』

『告訴她那天晚上拉琴的不是我。我不想對自己喜歡的人說謊。』

『那她怎麼說？』

『甚麼也沒說，大概是很生氣。』他沮喪地說。

雖然嘴裡說他笨，她心裡卻更欣賞他的坦白。

『我不再學琴了。』他說。

她努力掩飾眼裡的失望。

『我不應該成爲別人的影子。』他說。

『你從來沒喜歡過小提琴嗎？』她禁不住問。

『或許有一天，我會再學的。不過，答應幫你修一輩子的電腦，那是不會改變的。』他朝她微笑。

『我沒想過你會食言啊！那天我躲在樓底下，冷得要命呢。』她一邊說一邊轉過身去收拾樂譜，不讓他看到她臉上的不捨。

後來有一天，她在學校裡碰到林雅慧，她們像往常一樣，彼此點了一下頭。然而，這一天，林雅慧走到她身邊，像個認識了很久的朋友似的，溫柔地問：

『他說那天拉琴的是你。』

她尷尬地點了點頭。

『我當時也覺得不可能是他拉的琴。』

『你喜歡他嗎？』

她聳了聳肩：『有些人很好，你很想愛上他，但就是做不到。有些人沒那麼好，可你就是沒法不愛他。』

『我想，我大概明白的。』

雖然大家的年紀差不多，在林雅慧面前，她卻覺得自己像個完全沒經驗的小學生。

『你畢業後有甚麼打算？』林雅慧問。

『可能會去教書。你呢？』

『我打算去義大利。』林雅慧滿懷憧憬地說。

一瞬間她就明白，林雅慧心裡始終只有她師兄。

沒有了鄭逸峰，小提琴課顯得有點寂寥。從來沒有的東西，我們不會去懷念。曾經出現的，卻不是一下子就可以忘記的。

她那段一廂情願的傷感的初戀，就好像宿舍那一夜的琴音，也許都不過是愛的夢影。當最後一個音符在琴弦上輕輕地拂過，也就了無痕跡。

後來的一個黃昏，她登上父親的水警輪，站在甲板上，迎著海風和落日拉她的小提琴，突然之間，成群的海鷗翩然飛過水面，彷彿是爲她的琴聲而來的。老師以前說她掌握不到樂曲裡複雜的感情變化，然而，就在這一刻，她明白了喜歡一個人的歡愉和苦澀。

CHAPTER 10

投給舊情人的信

許多年後，他偶爾擰開收音機，聽到林珍欣的聲音，
一瞬間，他以為邢立珺回來了。
林珍欣的聲音很像她。
他投出去的信，投給林珍欣，也是投給以前的一段回憶。

林珍欣有時會想，這個城市裡有多少人在半夜裡還是醒著的？這些醒著的人當中，又有幾個剛好轉開收音機，聽到她的節目？外婆和母親都睡了，她的朋友也不多。半夜裡，她的聲音和音樂，在陌生人的身邊流曳。這個感覺是那樣奇妙，她很珍惜每天半夜，一個人放歌的時光。夜的寂靜，給了她無限的遐想。

主持這個節目已經半年了，是夏心桔派給她的，夏心桔覺得她的聲音適合夜晚。午夜的節目，收聽率一向不高，是新人磨練的機會。

每天晚上，她播自己喜歡的歌，隨著旋律說些關於生活和歌的故事。節目裡沒有接電話的環節，她不知道她的聽眾是甚麼模樣的？年輕的？年老的？

有時她會想，同時聽她節目的，也許是一雙舊戀人，這兩個人，在某個半夜裡，在另一個懷抱或是形單影隻地，巧合地聽著同一首歌。聽她節目的，也許會是一雙白天在茫茫人海中擦肩而過的男女，而他們永遠沒機會重逢了。聽她節目的，也許還包括午夜出動的小偷或殺手。

她不知道，聽她節目的，會不會也有郭軒華。那個秋天，他經常來租書店。她喜歡他，他卻愛上她的舊同學沈露儀。他會成爲她的忠實聽眾嗎？她不知道每個電台DJ擁有多少忠實聽眾。夏心桔擁有很多很多，而她，起碼有一個。

那是個字體清秀的男生。半年來，她每隔三、四天都會接到他寄來的信，他會跟她談她前一晚的節目，稱讚她選的歌，也會寫些心事。這個署名方行之的男孩，有一次在信裡提到《小珍欣歷險記》。

他寫道，這是他小時候很愛讀的一本童話書，沒想到她的名字也叫珍欣。他不知道是巧合還是有關連的。《小珍欣歷險記》裡，那個九歲的小女孩，有三隻小精靈朋友。每個晚上，臨睡前，精靈都會出現，帶小珍欣去歷險。待到第二天，她一覺醒來，精靈已經不見了，沒人相信她那些精采的歷險故事。

這本書是林珍欣的母親寫的。她母親邱莉華是著名的童書作家，許多人都是看她的童書長大的。林珍欣的外婆是童書作家，母親長大後也成了童書作家，名氣卻比外婆大。

方行之提到這本書，觸動了林珍欣。沒太多人知道她就是邱莉華的女兒，兒時，老師和同學知道她是邱莉華的女兒，總會拿她來和她母親比較。人們會認爲，邱莉華的女兒，文章應該也寫得很好。可惜，她的作文成績和她讀書的成績只是很普通，人們因此對她失望。

上了初中，有一次，她告訴一個談得來的同學，邱莉華是她母親。那個同學立刻傳了開去，於是，每個人都跑來和她討論《小珍欣歷險記》。別人都以為，有一個寫童書的母親，她應該是幸福的。

她幸福嗎？也許不是別人以為的那樣。

為了省卻麻煩，她愈來愈少向人提及母親，她反而寧願談談她父親。父親是個愛家的男人。她長得像父親，她和父親連性格都相似，兩個人都沒有天馬行空的想像力。幾年前，父親過身了，成了她生命中的過去式，她只能在回憶裡想念他。要是父親還在生，一定也會是她的忠實聽眾。

方行之是她難得的知音，她喜歡的歌和唱片，他也喜歡。當她幾天前播了一支舊歌，他會在信裡告訴她，他是甚麼時候，在甚麼地方，頭一次聽到這支歌的。他們在音樂的世界裡找到共鳴。

漸漸地，她在腦海裡想像他的模樣。他喜歡《小珍欣歷險記》，他應該也是個愛書的人吧。他每晚都聽她的節目，他應該是個需要在夜間工作的人。他做的是甚麼工作？會日夜顛倒？也許，他是個創作人，或是個需要輪班的人。他不會是個患上失眠症的可憐蟲吧？

有了這位知音之後，她更努力去演出她的節目。她知道，在這個城市的某個遙遠角落裡，有一個人，會留意她播的每一支歌。

他是誰？是個仰慕者，還是純粹因爲寂寞？他的字寫得那麼清秀，她想像他是個長得好看的男生。

有時她會懷疑，會不會有人假扮成她的聽眾，戲弄她，使她以爲自己有一個仰慕者。當她沾沾自喜，那個殘忍的人就會出現，告訴她，一切都是假的，沒有方行之這個人。

就像母親寫的那些童書，故事是虛構的。

然而，假的又怎樣？不管是眞的還是假的，就像小珍欣的故事，明天一覺醒來，都是眞假難分的。

夜晚的電台節目跟白天的節目是不一樣的。晚上彷彿是另一個世界，白天聽到的歌，是眞實不過的。半夜裡，當這個城市裡大部分人都酣睡的時候，不管是節目裡放的歌還是主持人的聲音，都有點虛幻不實，像夢中的囈語。

搬到這間公寓有半年了，他也是從那時開始聽林珍欣的節目。每隔三、四天，他會給林珍欣寫一封信，談談歌，也談談一些虛無縹緲的事。他喜歡她的名字，這個名字讓他想起他九歲那年的床頭書——邱莉華的《小珍欣歷險記》。那三隻在夜裡出現的小精靈，會帶小珍欣去歷險。人家爬樹是從樹幹爬到樹梢，小精靈帶小珍欣爬樹，是從樹梢往下爬，然後爬進一個神秘的樹洞裡。

有一次，這三隻小精靈吵起架來，各不相讓，誰也不肯帶小珍欣去歷險。天亮的時候，他們吵完了，累得倒在地毯上。原來，吵架是一場勞累又沒趣的歷險。他們打勾勾，決定以後都不吵架了。

從前，和那個女孩吵架的時候，他總會想起這個故事。

他沒見過林珍欣。她的聲音和一個人有些相似。她播的歌，他也喜歡。他想像她是個文靜的女孩，不像童書裡的小珍欣，常常會問身邊的人很多問題，結果，她的父母都躲開她，害怕回答她那些問不完的問題。

小珍欣曾經想要收養一隻蝙蝠。她覺得蝙蝠很可憐。哺乳類動物不會接受牠身上的翅膀，鳥類也不會接受一隻會飛而又不會下蛋的哺乳類。她想，這就是蝙蝠喜歡在晚間出沒的原因了，牠害羞又自卑。

一天，其中一隻小精靈告訴小珍欣，獅子和綿羊，到了夜晚，都是黑色的。

『連兇惡的獅子也跟綿羊一樣？』小珍欣掩著嘴巴，驚訝地說。

蝙蝠、獅子、綿羊，三隻小精靈和那些歷險故事，讓小珍欣愛上了黑夜。

黎明來臨之前，他喜歡聽小珍欣爲他放歌。

她開始渴望方行之的來信。接到他的信，她總是第一時間看，就像買了一張喜歡的新唱片，她會聽完一遍又一遍。

她決定在節目裡把他的信讀出來。

她沒有讀出他的名字。讀信的時候，她配了一首歌。隔天，她接到他的信，信上說：

『這首歌配得太棒了。沒讀出我的名字，是你的細心和體貼。』

這封信鼓舞了她。她常常在節目裡讀他的信，想像她的聲音在他耳邊縈迴。

有一次，她讀信的時候，播了一支情歌。她和這個從未謀面的人之間，難道不也是一支羞澀的情歌嗎？讀他的文字的瞬間，她發覺自己有點喜歡他。

然後，她會取笑自己。他也許是個長得很難看的人。他也許已經有女朋友了。他也許不喜歡女人。他也許只是寂寞，而她竟然相信這是愛情。

有一次，他在信中提到小珍欣想收養蝙蝠的故事。她記得這個故事。她心底裡是佩服母親的。母親才華橫溢，母親寫的故事，感動了許多小孩子和成年人。她從不知道母親是怎麼想出這些故事的。別人都以爲童書作家是溫馨而有愛心的，外婆的確是這樣，母親卻完全不一樣。母親不會做家務，也不會帶孩子。

父親很疼母親，甚麼事都遷就她，把她寵壞了。結果，除了寫書，她甚麼都不會做，她甚至不知道怎樣從銀行的自動提款機拿錢，幸好，童書根本不需要這些情節。

父親死了，母親有整整兩年寫不出任何東西來。她和外婆都擔心母親。一個寫童書的人，也許從不相信，世上有死亡和離別。死亡是最後的一場歷險。但是，歷險的人不會再回來了。

林珍欣在節目裡讀出他寫的那些信，他有點訝異，她用甜美的聲音把信讀出來了，並且很聰明地以『一個聽眾』來稱呼他，沒讀出他的名字。讀出來其實也無所謂，那並不是他的真姓名。

一個夜晚，讀信的時候，她播了一支情歌，那支歌是關於一個女孩的。女孩去參加朋友的婚禮時，發現她的初戀情人當上了神父。分手之後，她幻想過他們有天也許會在某地重逢，他仍然愛她，她也愛他，他們會重新開始。然而，他愛上了上帝，斷絕了她和他今生的可能。

他喜歡這支歌，更喜歡這個故事。初戀情人當上了神父又有甚麼不好？他不會再愛上其他女人了。

要是他愛過的女孩當上了修女，他雖然不會特別高興，卻也會相信，在上帝出現之前，他是她的至愛。他曾是她的天國。

修女是美麗的。那夜，他夢見三個穿白衣的修女來到他床前，準備帶他去歷險。醒來，他笑了，那三個也許不是修女，是《小珍欣歷險記》裡的三隻小精靈。

前一天，他經過附近一家租書店，店裡只有一個滿頭銀髮的老婆婆。他無意中在書架上找到一套《小珍欣歷險記》，他很想捧回家去。可惜，老婆婆說，這一套書只租不賣。他放下了。他兒時的那套書早就不知道丟到哪裡去了。離開租書店，他在花店買了一些白蘭花，白得像修女的袍子。

當林珍欣的節目結束了，晨光也漫了進來。黑夜過去，他在白蘭花的清香中睡著了。

當她做完節目離開電台，已經是天亮了。她喜歡在晨曦中漫步。許多人都還在睡覺，街上只有零零星星的人，這是一天裡美麗的一刻。方行之已經睡了嗎？還是他才剛剛下班？他是否也在天亮的時候走在街上。他會不會是跟她擦肩而過的一個人？他們都不知道對方長甚麼樣子，錯過了，也是有可能的。

假如她懷裡經常夾著一本《小珍欣歷險記》，他會不會把她認出來？但那根本是不可行的，書太重了，不可能常常帶著。

她翻過電話簿，沒發現方行之這個名字。她上ＩＣＱ，也沒找到方行之。她真笨，上ＩＣＱ的人，幾乎都不會用真名。

方行之是他的真名嗎？她愈是好奇，便愈覺得他神秘。他寫來的信，並沒有回郵地址，她無法回信。要是有一天，他不喜歡這個節目，又或是她給調走了，便再也沒有他的消息。她覺得跟他很親近，那其實是多麼虛渺的一種關係。

要是她在節目裡告訴他，她就是《小珍欣歷險記》裡的小珍欣，他會不會想見她？

母親寫這本書的時候，她還沒出生。書裡的小珍欣，活潑、好奇又大膽，壓根兒不像她，而是像她母親。母親寫出了這部代表作之後，連『珍欣』這個平凡的名字，也變得有點不平凡了。她出生以後，父親把這個名字送給她。父母也許希望她像小珍欣那麼活潑，她卻是個愛靜的人。

父親對母親的愛近乎縱容和崇拜。母親向他使性子的時候，他總是遷就她。母親無理取鬧的時候，他會體諒她。他告訴女兒：

『作家都是很麻煩的，不過，他們的麻煩比較有趣就是了。』

然而，父親總是帶著微笑跟她說：

『將來千萬別愛上作家。』

方行之的信寫得那麼好，他會是作家嗎？他會不會是每天晚上一邊聽她的節目一邊寫作？既然他是作家，爲甚麼書店裡沒有他的書？難道他用了筆名？

她要把他找出來。

終於，那個晚上，她大著膽子在節目裡說：

『假如接到你的信之後，可以給你回信，那是很美好的事情。』

他收拾了一些東西，這一趟，也許要離開很久。林珍欣在節目裡請他在信上留下地址。她爲甚麼會有這種想法呢？他只要聽到她的聲音便已經足夠了。她放的歌，就是他們相逢的話語。他是蝙蝠，只適宜躲在山洞裡。

好多年前，他愛的那個女孩也是半夜這段時間裡主持電台節目。他們相識的時候，她還年輕，然後，她長大了，名氣愈來愈大。他追不上她的步伐。他愛她，但他感覺她不再需要他了。那天晚上，是她提出分手的。他哭了，她也哭了。他沒有再聽她的節目，害怕自己會捨不得。後來，聽說她出國了，聽說她跟一個比她年輕的人走在一起。他不知道她是不是爲了那個小伙子而離開他。以後，就再沒有她的消息了。他不知道邢立珺會不會進了修道院，一起的時候，她曾經告訴他，她想過當修女。

許多年後，他偶爾擰開收音機，聽到林珍欣的聲音，一瞬間，他以爲邢立珺回來了。林珍欣的聲音很像她。他投出去的信，投給林珍欣，也是投給以前的一段回憶。

漸漸地，他已經分不清，他喜歡的，是現在這把聲音，還是邢立珺的聲音。他只是幸福地相信，半睡半醒之間，消逝的日子重臨。以前沒有說出來的話，都可以對一個素昧生平的女孩說。

唯有當黎明降臨，他才明白，夜晚是一隻小精靈，把孤獨的人領去歷險。

方行之沒有給她地址。不久之後，他也沒有再來信。是她把他嚇跑的嗎？還是他調班了，或是轉工了，沒有再聽她的節目？

父親走了之後，母親才知道，她的丈夫多麼愛她。愛一個任性的妻子，得要付出許多許多的愛，要愛她比愛自己多，才有天長地久的可能。

他躺在床上，知道自己回不去了。他想過給林珍欣寫信，但他提起筆桿的手會顫抖。嗎啡的劑量使他陷入一場昏睡裡，再也無法聽她放的歌。他患的是骨癌。這半年來，在醫院裡進進出出，痛苦難熬的夜晚，是她的聲音陪伴著他。他床邊有一個文靜乖巧，深愛著他的女人。她陪了他好多年。這一刻，她噙著淚水，明白離別的時刻已經降臨。他感激她，也有一點不捨。然而，在意識模糊的時刻，他心裡懸宕的，是邢立珺。她現在幸福嗎？他眞想知道。

當林珍欣再接不到他的信，他也行將消逝。

如果他還會醒來，他再也分不清，過去是一場歷險，還是眞實不虛的。

刻骨的思念

她揣在懷裡，一直沒放手的一個紅色小布袋裡，放著他的一撮骨灰。

隔了紅塵，他和邢立珺還是分不開的。

她把他的骨灰帶來了，還給他生生世世愛戀的女人。

CHAPTER 11

往拉薩的班機緩緩進入跑道，夏心桔孤伶伶地坐在靠窗的位子上，她沒想過這麼快又回西藏去。她原以爲即使再去也會是許多年以後的事。

坐在她附近的是一個旅行團，大家七嘴八舌地討論這一趟西藏之旅，有人嚷著要買佛珠，也有人擔心高山症。四個月前的一天，她滿懷期待踏上這班飛機，心裡嚮往著拉薩那一片世上最藍的天空，眼下，卻是另一種心情。所有她曾經嚮往的人與事，都已絕無可能。

她三年沒放假了，決定要給自己一個悠長的假期。那陣子，她心中有幾個城市想去：義大利的佛羅倫斯、威尼斯和羅馬、日本的京都。然而，一天晚上做節目時，她本來想播一支英文歌，卻不知道是誰把唱片放錯了封套，從唱機流轉出來的，是一位來自西藏的女歌手唱的民謠。在那短短一瞬間，她給那把像天籟、也像魔幻一樣直衝腦門的歌聲震撼著。想去西藏旅行一趟，突然成爲生命中的夢想和靈感。

第二天，她買了許多關於西藏的書。讀的資料愈多，去西藏的想法便愈堅定。其中一本書的作者說，西藏有一個傳說：人一生之中，想往西藏去的想法，是生命中的召喚。

那一刻，她以爲所謂召喚，是對自身的召喚。不久之後，她了然明白，那不是對她個人渺小的生命的召喚，而是另一個生命對她最後的託付。

出發前，她最擔心的是高山症。到達的第一天，高山症果然排山倒海而來，她頭腦昏沉，唯有整天待在旅館房間裡。第二天勉強起來，她覺得自己走路時好像在月球漫步似的，又不甘心不出去。於是，她撐起身子跟著導遊去廟宇看看。

在炫目的日光下，她杵在廟宇外面的一排排白楊樹下，人卻像浮起來似的。就在意識模糊的一刻，她看到一位女尼從廟宇走出來。那位女尼身上披著褐紅色的袍子，皮膚曬得黝黑，肩上掛著一個黃色布袋，輕飄飄的游向她。這一身裝扮是那麼陌生，那張雖然有了皺紋卻依然美麗的臉孔卻似曾相識。她怔在那兒，女尼也愣了片刻。

她摸摸自己發脹的腦袋，差點以爲自己看到的是幻影，直到那位女尼首先說：

『夏心桔，是你嗎？』

她的靈魂給召喚了回來，做夢也沒想到在拉薩有比高山症更震撼的事情。佇立在她跟前的，不是別的女尼，是邢立珺。

她驚訝得說不出話來，邢立珺抱歉地說：

『是不是我嚇了你一跳？』

『喔，不，是高山症。』話剛說出口，她忍不住吐了一地。

醒來的時候，她發現自己躺在旅館的床上，同團的一個台灣女孩告訴她，是一位漂亮的女尼送她回來的。女孩又告訴她，女尼說，再晚一點會來看她。

『她是你朋友嗎？』台灣女孩問。

她此刻想著的卻是徐致仁。他知道邢立珺在這裡嗎？這就是他們分手的原因嗎？

『你朋友的聲音就跟你一樣好聽。』台灣女孩的聲音在她耳邊縈迴。

她昏昏沉沉的睡著了，直到一種細微而清脆的聲音把她喚醒，那不是誦經的聲音，不是台灣女孩的細語，而是手敲在電腦鍵盤上的聲音。她以爲自己思鄉病發作，夢回香港去了。待到她睜開眼睛，再一次看到褐紅色的袍子，才發現自己還在拉薩旅館的床上。邢立珺來了，坐在她旁邊的書桌前面，正在用電腦。

『我是不是吵醒了你？』邢立珺轉頭問她。

她搖了搖頭，說：『沒有，謝謝你今天送我回來。』

邢立珺站起來，倒了一杯溫水，遞給她一顆藥丸，說：

『這顆紅景天是治高山症的藥，你吃了會舒服一點。』

她撐起身子，把藥用水吞服。

『我剛來這裡的時候，也被高山症折磨得很慘。』邢立珺一邊說一邊專注地敲鍵盤。

她爬起床，看了看那台電腦的屏幕，看到邢立珺在玩電腦遊戲。一瞬間，她暈眩了，跌坐在床上，不可思議地看著眼前的景象：一個出家女人和最流行的網上遊戲。她以為自己眼花了。這可怕的高山症。

邢立珺尷尬地朝她笑了笑：

『我們有時也還放不下凡塵裡的東西：譬如說是好玩的網上遊戲。要是給師父看到了，又要罰我多誦幾遍經。』

夏心桔深深地吸了一口氣，幾乎是呻吟著問：

『你眞的是邢立珺嗎？』

『我的樣子也許變了，我的聲音應該沒變吧？』她一邊說一邊把電腦關掉。

『要到樓下去喝一杯酥油茶嗎？』她問。

夏心桔微微點頭。

『夜晚很涼的，多穿點衣服。』邢立珺叮囑她。

她穿上外套，看到邢立珺也穿上了褐紅色的毛衣，把電腦放進黃色布袋裡，掛在肩上，然後踩著那雙已經磨舊了的 **Birkenstock** 大頭鞋，步履輕盈地走在前頭。

喝茶的時候，她問：

『徐先生知道你在這裡嗎？』

邢立珺點了點頭。

沉默了片刻之後，夏心桔說：

『我最近見過徐先生。說是最近，也是大半年前了，他那時剛剛摔斷了腿。』

『那時我也在香港見過他，他還請我喝 **Blue Nun** 呢！』她吹開了茶裡的一層油，呷了一小口。

『沒想到會在這裡見到你，我還以爲認錯別人了。』

『你還在電台嗎？』

夏心桔點了點頭。

『那你現在一定是最受歡迎的電台ＤＪ了，徐致仁的眼光很準。』

『那時我很妒忌你。』不知道爲甚麼，她覺得現在可以對邢立珺坦白。

『都過去了。』邢立珺朝她微笑說。

『我看得出來，徐先生還是很掛念你。』

邢立珺燦然地笑了：

『我也掛念他，但那是另一種掛念。有時很難去解釋，兩個人不在一起，反而更悠長。』

『我不明白。』她皺著眉說。

『你相信輪迴嗎？』邢立珺問。

『我不知道，我眞的不知道會不會有夏心桔的前世今生。』

邢立珺笑了，說：

『西藏人做事都是慢條斯理的，這是因爲他們相信輪迴。他們認爲這輩子做不完的事，下輩子還可以繼續。』

『但是，我的下輩子也許不會是我。』

『那麼，會有另一個軀殼爲你繼續。』邢立珺篤定地說。

夏心桔不無震撼地發現，與邢立珺隔別七年了，然而，不管是七年前還是七年後，邢立珺都比她聰明太多。七年前，她不服氣。七年後的這一天，在這個世界上海拔最高的城市裡的一場相遇，她終於服氣了。徐致仁那樣愛著邢立珺，是有理由的。

邢立珺又敬了她一杯酥油茶，她喝不慣，噁心的感覺再次襲來，但她清晰地記得邢立珺臨別的一句話，她對她說：

『請代我照顧徐先生。』

就因爲這句話，或者說，借著邢立珺的這一句話，從西藏回來之後，帶著愉悅卻又羞怯的心情，她回到大半年前天天拜訪的他的家。爲了躲開他，沒再見徐致仁的那天，她也沒再學瑜伽了。

這一天，她按了門鈴，來開門的是徐致仁。他臉上和頭上掛著灰撲撲的塵埃，訝異地朝她看。她走進屋裡去，發現他正忙著把原本堵著一排窗子的唱片櫃移走。溫暖的陽光灑了進來，整間屋子比從前明亮有生氣得多了。

『忽然愛上陽光了？』她一邊幫忙一邊說。

他笑了，用手掃走身上的灰塵，走進廚房沖了兩杯即溶咖啡，給了她一杯。

『戒掉日光憂鬱症，可還沒戒掉咖啡啊！』她呷了一口咖啡說。

他朝她看了看，說：

『你爲甚麼黑成這個樣子？』

她摸摸臉，緊張地問：

『是不是很難看？』

『健康美。』他笑笑說。

她鬆了一口氣：『紫外線比雷射光和脈衝光①更厲害呢！』

①脈衝光是種比雷射更溫和的光電，可為個人的膚質做精密的參數調整，一次治療涵蓋色素、血管擴張、老化所引起的肌膚現象。

他咯咯地笑了，幾乎嗆倒。

『是去了泰國日光浴嗎？』他問。

她甩了甩頭，說：

『西藏。』

她眼睛朝他看。當他聽到西藏這兩個字，臉上掠過一陣惆悵。

她沒說下去。

過了一會，他說：

『我遲些會到電台上班。』

她驚訝地朝他看，問：

『哪一個電台？』

他笑了：『還有哪一個？就是夏小姐你工作的那個電台。老闆前幾天跟我談過，我答應了。』

『你眞神秘呢！爲甚麼不告訴我？』她興奮地說。

『我正準備找你，我需要你幫忙。』

『有甚麼可以幫忙的，我很樂意。』

『電台會有很大的改革。我離開太久了，你願意和我一起策劃嗎？』他誠懇地提出邀請。

她心裡求之不得，嘴巴卻說：

『你會請我吃飯嗎？』

『你可能要天天跟我吃飯，那是一場硬仗來的。』他一邊說一邊把那台電子琴移到窗前。

『你爲甚麼答應回去電台工作？』她問。

他彈著琴，微笑說：

『說出來你會笑我的。』

『爲甚麼我會笑？』

『有點匪夷所思。』

『我見過更匪夷所思的事情。』她所謂的匪夷所思，她沒說出來，那就是在拉薩見到邢立珺。

他抬起眼睛朝她看，篤定地說：

『我想改變這個世界。』

她沒笑。從認識他的那天開始，她就知道他是個不平凡的人。

他繼續說：

『用上天給我的才華，製作一些好的節目，栽培一些有潛質的人，改變這個紛亂的社會。一個電台，甚至只是一個人，有了力量，才能夠鋤強扶助，見義勇爲。』

彈了幾個音符，他臉紅了，說：『聽起來是不是像警察廣告？』

一瞬間，她酸溜溜地發現，徐致仁敲琴鍵的動作跟邢立珺敲電腦鍵盤的動作是那麼一致，彷彿有一種心靈感應。邢立珺請她照顧徐致仁，徐致仁剛好需要她，這是一次召喚嗎？她不知道。但是，她願意和他一起去追尋那個她不覺得可笑，反而是肅然起敬的夢想。徐致仁不愧是值得她愛的男人。

『你不是說過很享受現在這個階段嗎？』她問。

『我享受當下的每一個階段，以前那些沉溺的日子已經過完了。』他回答說。

她很高興看到當年的徐致仁回來了。他朝氣勃勃、意念無窮，卻又比以前成熟和聰明。他們天天待在他家裡，或者在酒館消磨一個晚上，商量節目的改革。他還沒正式上班，但他們已經在編排節目表了。現在，常常打鼓的不是徐致仁，而是她。靈感枯竭的時候，忘我地打鼓，原來是一場放鬆，靈感會隨之湧現。

那天，敲了一陣鼓之後，她朝徐致仁說：

『我明白你以前心情不好的時候爲甚麼會躲起來打鼓了。』

徐致仁笑了笑，說：

『那時候，是有想說的話不知道怎樣說，有想發洩的情緒不知道怎樣發洩。』

她雙手停在半空，說：

『在拉薩的時候，我遇到邢小姐。』

他朝她抬起頭，期待地盯著她看。

『她好像很享受那邊的日子，人是瘦了點，但很開朗，還請我喝酥油茶。』

停了一下，她說：

『她問起了你。』

他沒說話，幸福地微笑。

『她問我相不相信輪迴，你相信嗎？』

『不相信的人，不會留在那裡。』他回答說。

『如果一對戀人，一個相信輪迴，另一個不相信，那麼，要是眞的有輪迴，他們下輩子還會相遇嗎？以防萬一，還是相信的好。』她傻氣地說。

他仰頭笑了，臉上的憂鬱一掃而空。她細細地看他，覺著自己比過去的每一刻更喜歡他。要是他不相信輪迴，她也不要相信。

『我們休息幾天吧。』他突然說。

『爲甚麼？』

『我下星期一正式上班了，停頓是上戰場前最好的準備。』他說。

她卻捨不得將有幾天見不到他。

『你也要好好休息。』他叮囑。

她放下鼓棍，拿了外衣和背包。

他打開門送她出去。她意識到這一刻不說也許不知道會不會再有勇氣說。她朝他轉過身來，杵在門外，紅著一張臉，吸了吸鼻子，急促地一口氣把話說完：

『你說過要享受當下，是不是也包括當下的人和當下的感情？那麼，你會再考慮我嗎？』

徐致仁錯愕地看看她，那份錯愕使她怯懦了，沒等他回答她就轉身跑下樓梯。她走了，他杵在那裡，腦裡一片空茫。她就像七年前面試的那天一樣，依舊是個傻氣的女孩。那天，他請她回家等消息，她站起來，滿臉通紅地問：『你會考慮我嗎？』同一句話，重演如昨，是天意還是禮物？她從西藏回來，爲他帶來了口訊。他不用再擔心邢立珺一個人在遠方孤苦伶仃了。在他生命轉折的時候，他要接受另一個人嗎？她慎重地請他考慮，他擔心自己是不值得的。

那是最難熬的停頓。她天天盼著他，期待卻落空了。她責怪自己把高山症帶了回來，看到的都不過是夢幻泡影和海市蜃樓，現實卻熄滅了她的渴望。

這天夜裡，她離開電台，回到那個荒涼寂寞的家。明天就是星期一了，他們會在電台相見，從此以後，他是她的上司、好朋友、賞識她的人，但不會是她的情人。他用沉默回絕了她的盼望。

他在街上晃蕩，買了幾條褲子，爲明天的新生活準備。多少年了，他終於能夠放下舊時的包袱，重新面對人生的責任。走著走著的時候，他突然很想讓夏心桔看看他剛買的褲子，聽聽她的意見。他看看錶，會不會太晚了？他不想等到明天。帶著展開新生活的愉悅，他朝她的家奔去。

她孤單地投進夢鄉，夢著那不可企及的夢。

待到第二天醒來，她沉痛地發現，回絕她的，不是他的沉默，而是他的命運。徐致仁沒去上班，也永不可能去上班了。就在她的公寓樓下，他靜靜地躺著，斷了呼吸。

當她在夢裡，突然而來的心臟病把她的夢裡人擊倒了。他在地上痛苦掙扎的時候，她卻沒聽見，還責備他的冷漠。

他是來找她的。他來，是要愛她，還是要對她的情意抱歉，永遠是個謎。他帶著這個謎離去了。

飛機俯衝下去，在預定的跑道上降落。又回到拉薩了，壯闊的高原與山脈會將他埋葬。她頭靠在舷窗上，淚水盈滿了眼眶。她揣在懷裡，一直沒放手的一個紅色小布袋裡，放著他的一撮骨灰。隔了紅塵，他和邢立珺還是分不開的。她把他的骨灰帶來了，還給他生生世世愛戀的女人。

突然之間，她全都懂得了。他刻骨的思念在那裡，他的故鄉也就在那裡。

後記

這一集《Channel A》的第一篇故事，是前年十二月的時候寫的。當時，我剛剛結束兩星期的印度之旅，到了日本京都，住在車站附近的一家小旅館。人在客途的那段漫長日子，原想好好思索自己的人生，整理那陣子很混亂的情緒。然而，當時還有一個報紙專欄在身，《AMY》也要定期交稿，結果，靜修的日子，仍然每天要寫稿，根本不可能有一刻平寧下來。那篇故事，也就是在這種心情之下寫的。

因爲不知道會住多久，爲了省錢，我當時選擇的，是一家房租比較便宜的小旅館。那個長著一張跟日本畫家奈良美智筆下的可怕大頭女孩一樣臉孔的女接待員，不知爲甚麼，每每愛跟我抬槓。爲了傳眞的問題，我不知跟她吵過多少遍。那是一段很不愉快的日子。我一直以爲自己享受孤獨，原來，我所鍾愛的那種高傲的孤獨，一旦離開了自己的土地，竟不免要受氣。

我租的是旅館最大的一個房間，然而，那張書桌仍然是小得可憐，上面還擱著一台不能移走的電視，我只得每天擠在那個狹小的地方寫稿。房間裡有兩張床，一張放滿了我帶去的書，另一張才是我睡覺用的。那些枕頭又高又硬，第一天晚上，我根本無法成眠。待到第二天，我另外買了一個軟綿綿的枕頭，才有以後的酣眠。你不知道我有多麼恨那家旅館，我發誓再到京都也絕不會進去看一眼。

一個人在京都，最大的慰藉是每天吃到如水般嫩，清澈了心靈的京都豆腐，還有就是坐半小時的車到嵐山去看一輪落日。可惜，寄居在清幽遺世的古都，我卻覺不著自己有一點慧根，只有孤寂相隨。

這一集《Channel A》既是這樣開始的，那麼，它的故事，難免有點沉淪，卻又渴望覺醒。這是我嗎？一個作者筆下的故事，起初也許是自私的，想寫的是他自己，然而，故事一旦開始了，便有了自己的生命。若我有幸是京都的山水與大豆，最後變成的那一塊豆腐，也已經不是我了。

在京都的日子，已經是翻過去的一頁。我常常遺忘旅途上的一切。去過甚麼地方，吃過甚麼東西，離開之後，我幾乎全都忘了，連我一向自誇的記憶力都派不上用場，這也許是因為，每一趟旅程都是愛我的人為我細心安排，我只要跟著他走就可以了，所以過後也就甚麼都不記得。

假如有一種鳥是沒有爪的，我必然是那種有八隻爪的鳥，常常牢牢地抓住腳下的一片土地，展開了翅膀，卻不敢向遙遠的天涯與國度飛翔。我刻骨的愛人，要能明白這樣的我。

《Channel A》是從九八年三月開始在《AMY》創刊號連載的，一寫就是五年。一個故事寫了五年，也是時候暫停一下，換點別的東西了。我不知道哪一天，這個頻道會與知音再聚，有未完的故事要說。《Channel A》第二集裡，有一個章節，原名〈過境鳥〉，那是一種只會在一個地方短暫停留，然後繼續飛行的鳥類。我當時很喜歡這個名字，一度想用它作書名。直到如今，每每念及這個書名，不免想到，我和你，無非都是這世上的一隻過境鳥，也曾在彼此生命裡留下飛渡的痕跡。

二〇〇四年一月三日

愛情天后挑戰奇幻小說！

吸血盟 01 藍蝴蝶之吻

藍蝴蝶翩翩飛來，輕吻她兩片嘴唇，
像蠶吐絲，把鮮血緩緩吐進她嘴裡。
鮮血，給了她生存的力量，卻也是她永無止盡的詛咒……

美麗出塵的藍月兒有著天籟般的歌聲，當她開口吟唱，常引來藍蝴蝶在她頭上飛舞。可是自從母親死後，哀傷的藍月兒便不再唱歌，那些藍蝴蝶也飛離了她的生命。她孤零零地四處流浪，只有悲傷和寂寞相伴，直到遇見了同是孤兒的燕孤行，才又讓她重新尋回那遺忘已久的聲音和希望。

藍月兒要和燕孤行一起去西方尋找精靈之鄉『花開魔幻地』。傳說中，那裡住著世上最美麗的精靈，能做出最動人的音樂，還有白色花兒閃著永恆的金光，吃了那花瓣，兩人就可以長生不老。然而藍月兒並不知道，她不必向任何精靈求取長生不老，因為在她血液中奔流的正是『永生』的靈魂！只是，精靈的永生是幸福的天堂，她的永生卻是在地獄裡輪迴，是一場永無休止的折磨……

小　嫻　情　書

情人無淚

那一天，陽光燦爛，徐宏志躺在一片翠綠的草地上，閉著眼睛意識迷迷糊糊地，直到一個女孩在他腳邊踉蹌地摔了一跤。那一刻，她跌向了他，也跌進了他的生命……儘管與命運約定的時間距離愈來愈近，但他們仍帶著微笑面對每天早晨醒來看見的耀眼陽光。他們也相信有一天，奇蹟會召喚他們，並陪他們一同度過漫漫人生……

離別曲

十六年前，李瑤和韓坡都是前途一片燦美的鋼琴好手，一次比賽的勝負卻使得他們倆從此分隔天涯……十六年後，韓坡發現自己比往昔更愛李瑤。他決定向李瑤表白——用他最鍾愛的鋼琴，彈奏出童年記憶裡始終在迴響的那支樂曲……去愛，本來就是一件百般艱難的事。愛裡有天堂，愛裡也有地獄。愛裡有榮美，愛裡也有痛楚。而天堂何處？命運等不等同宿命？留待你自己去發掘……

流波上的舞

三個人的愛情無法永恆，但這段短暫的寂寞時光裡，只有他和她。他摟著她的腰，每一步都是沉重而緩慢的，好像是故意的延緩。所謂人生最好的相逢，總是難免要分離，用一支舞來別離，遠遠勝過用淚水來別離。她在他唇上吻了一下，他融化在無限之中，無限的悲涼。他吻了她……所有的嫉妒，所有的痛苦和思念，所有的煎熬與難過，都消逝成一吻。

雪地裡的天使蛋捲

愛好自由的李澄，遇上一生只想守候一個男人的阿棗。他愛她，但不想失去自我，因為當你面對一個很愛你的女人，除了幸福，還得背負她的期望，很重。他更不想許下阿棗很想聽到，但他不知自己能不能做到的承諾。於是，愛情在這個時候變成了一場承諾的角力，有時皆大歡喜，多數時候卻是兩敗俱傷……

國家圖書館出版品預行編目資料

刻骨的愛人／張小嫻著. -- 初版. --
臺北市：皇冠, 2004【民93】
面； 公分. --（皇冠叢書；第3427種）
（張小嫻作品；33）

ISBN 957-33-2107-6（平裝）

857.7 93021515.

皇冠叢書第3427種
張小嫻作品33

刻骨的愛人

作　　者—張小嫻
發 行 人—平雲
出版發行—皇冠文化出版有限公司
台北市敦化北路120巷50號
電話◎2716-8888
郵撥帳號◎1526151~6號
出版統籌—盧春旭
責任編輯—潘怡中
美術設計—王瓊瑤
行銷企劃—邱馨瑩
校　　對—鮑秀珍・潘怡中
印　　務—林莉莉・林佳燕
著作完成日期—2004年
初版一刷日期—2005年1月

法律顧問—王惠光律師
有著作權・翻印必究
如有破損或裝訂錯誤，請寄回本社更換
讀者服務傳真專線◎02-27150507
皇冠文化集團網址◎www.crown.com.tw
張小嫻皇冠官方網站◎www.crown.com.tw/book/amy
電腦編號◎379033
ISBN◎957-33-2107-6
Printed in Taiwan
本書僅限台澎金馬地區銷售
本書定價◎新台幣200元

讀者回函卡

感謝您購買本書，只要將本卡填妥後寄回(免貼郵票)，就可不定期收到我們的新書資訊，未來並有機會與張小嫻面對面近距離接觸！我們有任何關於張小嫻的新書出版消息，也都會儘速通知您。

1. 請針對下列各項目為《刻骨的愛人》打分數：

	5	4	3	2	1
A. 內容題材	□	□	□	□	□
B. 封面設計	□	□	□	□	□
C. 字體大小	□	□	□	□	□
D. 編排設計	□	□	□	□	□
E. 印刷裝訂	□	□	□	□	□

2. 您購買本書的動機？
   □封面吸引 □書名吸引 □內容題材 □作者知名度
   □廣告促銷 □其他
3. 您從哪裡得知本書的消息？
   □書店 □報紙廣告 □皇冠雜誌廣告 □書評或書介
   □親友介紹 □ 其他
4. 您通常以哪些方式購書？
   □逛書店 □劃撥郵購 □信用卡訂購 □團體訂購
   □網路購書 □其他
5. 您看過張小嫻的哪些作品？＿＿＿＿＿＿＿＿＿＿

＿＿＿＿＿＿＿＿＿＿＿＿＿＿＿＿＿＿＿＿

讀者資料

姓名：＿＿＿＿＿＿＿ 生日：＿＿年＿＿月＿＿日

性別：□男 □女

職業：□學生 □軍公教 □工 □商 □服務業
□家管 □自由業 □其他＿＿＿＿＿＿

通訊地址：□□□
＿＿＿＿＿＿＿＿＿＿＿＿＿＿＿＿＿＿＿＿
＿＿＿＿＿＿＿＿＿＿＿＿＿＿＿＿＿＿＿＿

聯絡電話：(公)＿＿＿＿＿＿ 分機＿＿＿＿ (宅)＿＿＿＿＿＿

e-mail：＿＿＿＿＿＿＿＿＿＿＿＿＿＿＿＿＿＿

◎請沿虛線剪開、對摺、裝訂後寄出。

◎請沿虛線剪開、對摺、裝訂後寄出。

您對本書的其他意見：

北區郵政管理局登
記證北台字1648號
免 貼 郵 票
〔限國內讀者使用〕

105
台北市敦化北路120巷50號

皇冠文化出版有限公司 收